爱在相逢少年时

沈从文 著

U0133665

古吴轩出版社

图书在版编目（CIP）数据

爱在相逢少年时 / 沈从文著. -- 苏州 ： 古吴轩出
版社，2023.4
ISBN 978-7-5546-1893-6

Ⅰ. ①爱… Ⅱ. ①沈… Ⅲ. ①中国文学－现代文学－
作品综合集 Ⅳ. ①I216.2

中国国家版本馆CIP数据核字（2023）第042782号

责任编辑：顾　熙
见习编辑：张　君
策　　划：杨莹莹　闫　静
装帧设计：怂　玖
封面插图：点　意

书　　名：爱在相逢少年时
著　　者：沈从文
出版发行：古吴轩出版社
　　　　　地址：苏州市八达街118号苏州新闻大厦30F
　　　　　电话：0512-65233679　　　　邮编：215123
印　　刷：天宇万达印刷有限公司
开　　本：787×1092　　1/32
印　　张：8
字　　数：141千字
版　　次：2023年4月第1版
印　　次：2023年4月第1次印刷
书　　号：ISBN 978-7-5546-1893-6
定　　价：42.00元

如有印装质量问题，请与印刷厂联系。0318-5302229

陈之佛　《初夏之晨》

齐白石　《海棠秋声》

齐白石 《荷花鸳鸯（邵可侣上款）》

齐白石　《花鸟工虫册》（其一）

齐白石　《红蓼蝼蛄》

陈之佛 《桃花双栖》

陈之佛 《红叶八哥》

［清］郎世宁　《仙萼长春册》（其一）

［清］郎世宁　《仙萼长春册》（其一）

［清］郎世宁　《仙萼长春册》（其一）

［清］郎世宁　《仙萼长春册》（其一）

陈之佛　《荷花鸳鸯》

陈之佛　《春江水暖》

［清］余穉 《花鸟图册》（其一）

［清］余穉　《花鸟图册》（其一）

［清］郎世宁　《花阴双鹤》

出版说明

一、本书由沈从文长子沈龙朱先生授权并审核书目。

二、本书以北岳文艺出版社2009年版的《沈从文全集》为蓝本选编。

三、为保留沈从文作品原貌，本书编入的作品除对明显的编校错误、笔误和个别错字作必要的订正及采用通用规范汉字外，均按原文排版。

原文的遣词用字，如："做"时有用"作"，"熟悉"作"熟习"，"哪"多作"那"，"必须"多作"必需"，以及"年青"与"年轻"、"枝"与"支"、"佣人"与"用人"并用，"的""地"通用，等等，还有某些事物名称及人名、地名、译名与现今不一致的，均一仍其旧。

文中"□"，除另有注明其含意外，还表示原书或原稿中无法辨识的字迹。

四、本书按作者给妻子张兆和的书信，作者给亲友的书信，小说和散文，诗歌的形式精选并分类为章，希望能带领读者从作者不同的文体中，感悟爱情的风雨波折与相濡以沫。

目录

我一离开你，就只想给你写信

给别人的信中也都是你

短暂的瞬间，漫长的永远

我的世界寂静无声，容纳不下别人

我一离开你，
就只想给你写信

致张兆和

（1930年7月12日左右）

　　我是只要单是这片面的倾心，不至于侮辱到你这完全的人中模型，我在爱你一天总是要认真生活一天，也极力免除你不安一天的。本来不能振作的我，为了这一点点爬进神坛磕头的乡下人可怜心情，我不能不在此后生活上奋斗了。

　　我要请你放心，不要以为我还在执迷中，做出使你不安的行为，或者在失意中，做出使你更不安的堕落行为。我在这事上并不为失败而伤心，诚如莫泊桑所说，爱不到人并不是失败，因为爱人并不因人的态度而有所变更方向，顽固的执着，不算失败的。

　　其实，那是一时的事，我今天就好了，我不在那打击上玩味。

　　我并不是要人明白我为谁牺牲了什么的。……。我现在还并不缺少一种愚蠢想象，以为我将把自己来牺牲在爱你上面，永久单方面的倾心，还是很值得的。只要是爱你，应当牺牲的我总不辞，若是我发现我死去也是爱你，我用不着劝驾就死去了。或者你现在对这点只能感到男子的愚蠢可悯，但你到另一时，爱了谁，你就明白你也需要男子的蠢处，而且自己也不免去做那"不值得"牺牲的牺牲了。"日子"使你长成，"书本"使你聪敏，我想"自然"不会独吝惜对你这一点点人生神秘启示的机会。

　　每次见到你，我心上就发生一种哀愁，在感觉上总不免有全部生命奉献而无所取偿的奴性自觉，人格完全失去，自尊也消失无余。明明白白从此中得到是一种痛苦，却也极珍视这痛苦来源，我所谓"顽固"，也就是这无法解脱的宿命的粘恋。一个病人在窗边见到日光与虹，想保留它而不可能，却在窗上刻画一些记号。这愚笨而又可怜的行为，若能体会得出，则一个在你面前的人，写不出一封措辞恰当的信，也是自然的道理。我留到这里，在我眼中如虹如日的你，使我无从禁止自己倾心是当然的。我害怕我的不能节制的唠叨，以及别人的蜚语，会损害你的心境和平，所以我的离开这里，也仍然是我爱你，极力求这爱成为善意的设计。若果你觉得我这话是真实，我离开这里虽是痛苦，也学到要去快乐了。

　　你不要向我抱歉，也不必有所负疚，因为若果你觉得这是要你道歉的事，我爱你而你不爱我，影响到一切，那恐怕在你死去或我死去以前，你这道歉的一笔债是永远记在账上的。在人事上别的可以博爱，而爱情上自私或许可以存在。不要说现在不懂爱你才不爱我，也不要我爱，就是懂了爱的将来，你也还应当去爱你那所需要的或竟至伸手而得不到的人，才算是你尽了做人的权利。我现在是打算到你将来也不会要我爱的，不过这并不动摇我对你的倾心，所以我还是因这点点片面的倾心，去活着下来，且为着记到世界上有我永远倾心的人在，我一定要努力切实做个人的。

至于你，我希望你不为这些空事扰乱自己读书的向上计划，我愿意你好好的读书，莫仅仅以为在功课上对付得下出人头地就满意，你不妨想得远一点。一颗悬在天空的星子不能用手去摘，但因为要摘，你那手伸出去会长一点。我们已经知道的太少，而应当知道的又太多，学校方面是不能使我们伟大的，所以你的英文标准莫放在功课上，想法子跃进才行。一个聪明的人，得天所赋既多，就莫放弃这特别权利，用一切前人做足下石头，爬过前面去才是应当的行为。书本使我们多智慧，却不能使我们成为特殊的人，所以有时知道一切多一点也不是坏事，这是我劝你有功夫看别的各样书时也莫随便放过的意思。为了要知道多一点，所谓智慧的贪婪，学校一点点书是不够的，平常时间也不够的，平常心情也不济事的，好像要有一点不大安分的妄想，用力量去证实，这才是社会上有特殊天才、特殊学者的理由。依我想，且依我所见，如朱湘、陈通伯、胡先生，这几个使我敬重的人，都发愤得不近人情。我很恨我自己是从小就很放荡，又生长在特殊习惯的环境中，走的路不是中国在大学校安分念书学生所想象得到的麻烦，对于学问这一套，是永远门外汉了。可是处置自己生活的经验，且解释大家所说的"天才"意义，还是"不近人情"的努力。把自己在平凡中举起，靠"自己"比靠"时代"为多，在成绩上莫重视自己，在希望上莫轻视自己。我想再过几年，我当可以有机会坐在卑微的可笑的地位上，看你向上腾举，为一切人所敬视的完人！我不是什么可尊敬的人，所以不教书于我实在也很有益，我是怕人尊敬的。可是不是一个好先生的我，因为生活教训得的多一点，很晓得要怎样来生活才是正当，且知道年青一点的，应当如何来向上，把气力管束到学问上那些理由，有些地方又还可以做个榜样看，所以除了过去那件事很胡涂，其余时节，其余事情，我想我的偏见你都承认一点也好。被人爱实在是麻烦，有时我也感觉到，因为那随了爱而来的真是一串吓人头昏的字眼同事情，可是若果被爱的理由，不仅是一点青春动人的丰姿，却是品德智力一切的超越与完美，依我打算，却不会因怕被更多人的倾心，就把自己位置在一个平庸流俗人中生活，不去求至高完美的。我愿意你存一点不大安分的妄想去读书，使这时看不起你的人也爱敬你，若果要我做先生，我是只能说这个话的。我是明知道把一切使人敬重的机会完全失去以后，譬如爱你，到明知道你嫁给别人以后，还将为一点无所依据的妄想，按到我自己所能尽的力量到社会里去爬，想爬得比一切人都高的。解释人生，这点比较恰当。

由达园给张兆和

我行过许多地方的桥，看过许多次数的云，喝过许多种类的酒，却只爱过一个正当最好年龄的人。

××：

你们想一定很快要放假了。我请过×到××来看看你，我说："×，你去为我看看××，等于我自己见到了她，去时高兴一点，因为哥哥是以见到××为幸福的。"不知×来过没有？×大约秋天要到××女子大学学音乐，我预备秋天到××去。这两个地方都不像上海，你们将来有机会时，很可以到各处去看看。××地方是非常好的，历史上为保留下一些有意义极美丽的东西，物质生活极低，人极和平，天气春天各处可放风筝，夏天多花，秋天有云，冬天刮风落雪，气候使人严肃，同时也使人平静。××毕了业若还要读几年书，倒是来××读书好。

你的戏不知已演过了没有？××倒好，许多大教授也演戏，还有从女大毕业的，到各处台上去唱昆曲，也不为人笑话。使戏子身分提高，××是和上海稍稍不同的。

听说×女士到过你们学校演讲，不知说了些什么话。我是同她顶熟的一个人，我想她也一定同我初次上台差不多，除了红脸不会有再好的印象留给学生。这真是无办法的，我即或写了一百本书，把世界上一切人的言语都能写到文章上去，写得极其生动，也不会作一次体面的讲话。说话一定有什么天才，×××是大家明白的一个人，说话嗓子宏亮，使人倾倒，不管他说的是什么空话废话。天才还是存在的。

我给你那本书，□□同□□都是我自己欢喜的，其中□□更保留到一个最好的记忆，因为那时我正在××，因爱你到要发狂的情形下，一面给你写信，一面却在苦恼中写了这样一篇文章。我照例是这样子，做得出很傻的事，也写得出很好的文章，一面胡涂处到使别人生气，一面清明处，却似乎比平时更适宜于作我自己的事。××，这时我来同你说这个，是当一个故事说到的，希望你不要因此感到难受。这是过去的事情，这些过去的事，等于我们那些死亡了最好的朋友，值得保留在记忆里，虽想到这些，使人也仍然十分惆怅，可是那已经成为过去了。这些随了岁月而消失的东西，都不能在同样情形下再现了的。所以说，现在只有那一篇文章，代替我保留到一些生活的意义。这文章得到许多好评，我反而十分难过，任什么人皆不知道我为了什么原因，写出一篇这样文章，使一些下等人皆以一个完美的人格出现。

我近日来看到过一篇文章，说到似乎下面的话："每人都有一种奴隶的德性，故世界上才有首领这东西出现，给人尊敬崇拜。因这奴隶的德性，为每一人不可少的东西，所以不崇拜首领的人，也总得选择一种机会到低头另一种事上去。"××，我在你面前，这德性也显然存在的。为了尊敬你，使我看轻了我自己一切事业。我先是不知道我为什么这样无用，所以还只想自己应当有用一点。到后看到那篇文章，才明白，这奴隶的德性，原来是先天的。我们若都相信崇拜首领是一种人类自然行为，便不会再觉得崇拜女子有什么希奇难懂了。

你注意一下，不要让我这个话又伤害到你的心情，因为我不是在窘你做什么你所做不到的事情，我只在告诉你，一个爱你的人，如何不能忘你的理由。我希望说到这些时，我们都能够快乐一点，如同读一本书一样，仿佛与当前的你我都没有多少关系，却同时是一本很好的书。

我还要说，你那个奴隶，为了他自己，为了别人起见，也努力想脱离羁绊过。当然这事并不作到，因为不是一件容易事情。为了使你感到窘迫，使你觉得负疚，我以为很不好。我曾做过可笑的努力，极力去同另外一些人要好，到别人崇拜我的奴隶时，我才明白，我不是一个首领，用不着到别的女人用奴隶的心来服侍我，却愿意自己作奴隶，献上自己的心，给我所爱的人。我说我很顽固的爱你，这种话到现在还不能用别的话来代替的，就因为这是我的奴性。

××，我求你，以后许可我作我要作的事，凡是我要向你说什么时，你都能当我是一个比较愚蠢还并不讨厌的人，让我有一种机会，说出一些有奴性的卑屈的话，这点点是你容易办到的。你莫想，每一次我说到"我爱你"时你就觉得受窘，你也不用说"我偏不爱你"，作为抗拒别人对你的倾心。你那打算是小孩子的打算，到事实上却毫无用处的。有些人对天成日成夜说："我赞美你，上帝！"有些人又成日成夜对人世的王帝说："我赞美你，有权力的人！"你听到被赞美的"天"同"王帝"，以及常常被称赞的日头同月亮、好的花、精致的艺术，回答说"我偏不赞美你"的话没有？一切可称赞的，使人倾心的，都像天生就这个世界的主人，他们管领一切，统治一切，都看得极其自然，毫不勉强。一个好人当然也就有权力使人倾倒，使人移易哀乐，变更性情，而自己却生存到一个高高的王座上，不必作任何声明。凡是能用自己各方面的美，攫住别的人灵魂的，他就有无限威权，处治这些东西，他可以永远沉默，日头、云、花，这些例不可胜举。除了一只莺。他被人崇拜处，原是他的歌曲，不应当哑口外，其余被称赞的，大都是沉默的。××，你并不是一只莺。一个王帝，吃任何阔气东西他都觉得不够，总得臣子恭维，用恭维作为营养，他才适意，因为恭维不甚得体，所以他有时还在这个事上，发气骂人，充军流血。××，你不会像王帝。一个月亮可不是这样的，一个月亮不拘听到任何人赞美，不拘这赞美如何不得体，如何不恰当，它不拒绝这些从心中涌出的呼喊。××，你是我的月亮。你能听一个并不十分聪明的人，用各样声音，各样言语，向你说出各样的感想，而这感想却因为你的存在，如一个光明，照耀到我的生活里而起的，你不觉得这也是生存里一件有趣味的事吗？

"人生"原是一个宽泛的题目，但这上面说到的，也就是人生。

为帝王作颂的人，他用口舌"娱乐"到帝王，同时他也就"希望"到帝王。为月亮写诗的人，他从它照耀到身上的光明里，已就得到他所要的一切东西了。他是在感谢情形中而说话的，他感谢他能在某一时望到蓝天满月的一轮。××，我看你同月亮一样。……是的，我感谢我的幸运，仍常常为忧愁扼着，常常有苦恼（我想到这个时，我不能说我写这个信时还快乐）。因为一年内我们可以看过无数次月亮，而且走到任何地方去，照到我们头上的，还是那个月亮。这个无私的月不单是各处皆照到，并且从我们很小到老还是同样照到的。至于你，"人事"的云翳，却阻拦到我的眼睛，我不能常常看到我的月亮！一个白日带走了一点青春，日子虽不能毁坏我印象里你所给我的光明，却慢慢的使我不同了。"一个女子在诗人的诗中，永远不会老去，但诗人，他自己却老去了。"我想到这些，我十分忧郁了。生命都是太脆薄的一种东西，并不比一株花更经得住年月风雨，用对自然倾心的眼，反观人生，使我不能不觉得热情的可珍，而看重人与人凑巧的藤葛。在同一人事上，第二次的凑巧是不会有的。我生平只看过一回满月。我也安慰自己过，我说："我行过许多地方的桥，看过许多次数的云，喝过许多种类的酒，却只爱过一个正当最好年龄的人。我应当为自己庆幸……"这样安慰到自己也还是毫无用处，为"人生的飘忽"这类感觉，我不能够忍受这件事来强作欢笑了。我的月亮就只在回忆里光明全圆，这悲哀，自然不是你用得着负疚的，因为并不是由于你爱不爱我。

仿佛有些方面是一个透明了人事的我，反而时时为这人生现象所苦，这无办法处，也是使我只想说明却反而窘了你的理由。

××，我希望这个信不是窘你的信。我把你当成我的神，敬重你，同时也要在一些方便上，诉说到即或是真神也很胡涂的心情，你高兴，你注意听一下，不高兴，不要那么注意吧。天下原有许多希奇事情，我××××十年，都缺少能力解释到它，也不能用任何方法说明，譬如想到所爱的一个人的时候，血就流走得快了许多，全身就发热作寒，听到旁人提到这人的名字，就似乎又十分害怕，又十分快乐。究竟为什么原因，任何书上提到的都说不清楚，然而任何书上也总时常提到。"爱"解作一种病的名称，是一个法国心理学者的发明，那病的现象，大致就是上述所及的。

你是还没有害过这种病的人，所以你不知道它如何厉害。有些人永远不害这种病，正如有些人永远不害麻疹伤寒，所以还不大相信受伤寒病时使人发狂的事情。××，你能不害这种病，同时不理解别人这种病，也真是一种幸福。因为这病是与童心成为仇敌的，我愿意你是一个小孩子，真不必明白这些事。不过你却可以明白另一个爱你而害着这难受的病的痛苦的人，在任何情形下，却总想不到是要窘你的。我现在，并且也没有什么痛苦了，我很安静，我似乎为爱你而活着的，故只想怎么样好好的来生活。假使当真时间一晃就是十年，你那时或者还是眼前一样，或者已做了国立大学的英文教授，或者自己不再是小孩子，倒已成了许多小孩子的母亲，我们见到时，那真是有意思的事。任何一个作品上，以及任何一个世界名作作者的传记上，最动人的一章，总是那人与人纠纷藤葛的一章。许多诗是专为这点热情的指使而写出的，许多动人的诗，所写的就是这些事。我们能欣赏那些东西，为那些东西而感动，却照例轻视到自己，以及别人因受自己所影响而发生传奇的行为，这个事好像不大公平。因为这个理由，天将不许你长是小孩子。"自然"使苹果由青而黄，也一定使你在适当的时间里，转成一个"大人"。××，到你觉得你已经不是小孩子，愿意作大人时，我倒极希望知道你那时在什么地方做些什么事，有些什么感想。"萑苇①"是易折的，"磐石"是难动的，我的生命等于"萑苇"，爱你的心希望它能如"磐石"。

望到××高空明蓝的天，使人只想下跪，你给我的影响恰如这天空，距离得那么远，我日里望着，晚上做梦，总梦到生着翅膀，向上飞举。向上飞去，便看到许多星子，都成为你的眼睛了。

××，莫生我的气，许我在梦里，用嘴吻你的脚。我的自卑处，是觉得如一个奴隶蹲到地下用嘴接近你的脚，也近于十分亵渎了你的。

---

① 萑苇（huán wěi）：两种芦类植物。蒹长成后为萑，葭长成后为苇。

　　我念到我自己所写到"萑苇"是易折的，"磐石"是难动的……时候，我很悲哀。易折的萑苇，一生中，每当一次风吹过时，皆低下头去，然而风过后，便又重新立起了。只有你使它永远折伏，永远不再作立起的希望。

×　×　×　×

二十年六月

在桃源

三三：

我已到了桃源，车子很舒服。曾姓朋友送我到了地，我们便一同住在一个卖酒曲子的人家，且到河边去看船，见到一些船，选定了一只新的，言定十五块钱，晚上就要上船的。我现在还留在卖酒曲人家，看朋友同人说野话。我明天就可上行。我很放心，因为路上并无什么事情。很感谢那个朋友，一切得他照料，使这次旅行又方便又有趣。

我有点点不快乐处，便是路上恐怕太久了点。听船上人说至少得四天方可到辰州①，也许还得九天方到家，这分日子未免使我发愁。我恐怕因此住在家中就少了些日子。但我又无办法把日子弄快一点。

我路上不带书，可是有一套彩色蜡笔，故可以作不少好画。照片预备留在家乡给熟人照相，给苗老咪照相，不能在

① 辰州：沅陵。

路上糟蹋，故路上不照相。

　　三三，乖一点，放心，我一切好！我一个人在船上，看什么总想到你。

　　我到这里还碰到一个老同学，这老同学还是我廿年前在一处读书的。

二哥

十二日下午五时

　　在路上我看到个帖子很有趣：

　　　　立招字人钟汉福，家住白洋河文昌阁大松树下右边，今因走失贤媳一枚，年十三岁，名曰金翠，短脸大口，一齿凸出，去向不明。若有人寻找弄回者，赏光洋二元，大树为证，决不吃言。谨白。

　　三三：我一个字不改写下来给你瞧瞧，这人若多读些书，一定是个大作家。

小船上的信

　　船在慢慢的上滩，我背船坐在被盖里，用自来水笔来给你写封长信。这样坐下写信并不吃力，你放心。这时已经三点钟，还可以走两个钟头。应停泊在什么地方，照俗谚说"行船莫算，打架莫看"，我不过问。大约可再走廿里，应歇下时，船就泊到小村边去，可保平安无事。船泊定后我必可上岸去画张画。你不知见到了我常德长堤那张画不？那张窄的长的。这里小河两岸全是如此美丽动人，我画得出它的轮廓，但声音、颜色、光，可永远无本领画出了。你实在应来这小河里看看，你看过一次，所得的也许比我还多，就因为你梦里也不会想到的光景，一到这船上，便无不朗然入目了。这种时节两边岸上还是绿树青山，水则透明如无物，小船用两个人拉着，便在这种清水里向上滑行，水底全是各色各样的石子。舵手抿起个嘴唇微笑，我问他："姓什么？""姓刘。""在这条河里划了几年船？""我今年五十三，十六岁就划船。"来，三三，请你为我算算这个数目。这人厉害得很，四百里的河道，涨水、干涸、河道的变迁，他无不明明白白。他知道这河里有多少滩、多少潭。看那样子，若许我来形容形容，他还可以说知道这河中有多少石头！是的，凡是较大的、知名的石头，他无一不知！水手一共是三个，除了舵手在后面管舵管、篷管、纤索的伸缩，前面舱板有两个人。其中一个是小孩子，一个是大人。两个人的职务是船在滩上时，就撑急水篙，左边右边下篙，把钢钻打得水中石头作出好听的声音。到长潭时则荡桨，躬起个腰推扳长桨，把水弄得哗哗的，声音也很幽静温柔。到急水滩时，则两人背了纤索，把船拉去，水急了些，吃力时就伏在石滩上，手足并用的爬行上去。船是只新船，油得黄黄的，干净得可以作为教堂的神龛。我卧的地方较低一些，可听得出水在船底流过的细碎声音。前舱用板隔断，故我可以不被风吹。我坐的是后面，凡为船后的天、地、水，我全可以看到。我就这样一面看水一面想你。我快乐，就想应当同你快乐；我闷，就想要你在我必可以不闷。我同船老板吃饭，我盼望你也在一角吃饭。我至少还得在船上过七个日子，还不把下行的计算在内。你说，这七个日子我怎么办？天气又不很好，并无太阳，天是灰灰的，一切较远的边岸小山同树木，皆裹在一层轻雾里，我又不能照相，也不宜画画。看看船走动时的情形，我还可以在上面写文章，感谢天，我的文章既然提到的是水上的事，在船上实在太方便了。倘若写文章得选择一个地方，我如今所在的地方是太好了一点的。不过我离得你那么远，文章如何写得下去。"我不能写文章，就写信。"我这么打算，我一定做到。我每天可以写四张，若写完四张事情还不说完，我再写。这只手既然离开了你，也只有那么来折磨它了。

我来再说点船上事情吧。船现在正在上滩，有白浪在船旁奔驰，我不怕，船上除了寂寞，别的是无可怕的。我只怕寂寞。但这也正可训练一下我自己。我知道对我这人不宜太好，到你身边，我有时真会使你皱眉。我疏忽了你，使我疏忽的原因便只是你待我太好，纵容了我。但你一生气，我即刻就不同了。现在则用一件人事把两人分开，用别离来训练我，我明白你如何在支配我管领我！为了只想同你说话，我便钻进被盖中去，闭着眼睛。你瞧，这小船多好！你听，水声多幽雅！你听，船那么轧轧响着，它在说话！它说："两个人尽管说笑，不必担心那掌舵人。他的职务在看水，他忙着。"船真轧轧的响着。可是我如今同谁去说？我不高兴！

梦里来赶我吧，我的船是黄的，船主名字叫做"童松柏"，桃源县人。尽管从梦里赶来，沿了我所画的小堤一直向西走，沿河的船虽万万千千，我的船你自然会认识的。这里地方狗并不咬人，不必在梦里为狗吓醒！

　　你们为我预备的铺盖，下面太薄了点，上面太硬了点，故我很不暖和，在旅馆已嫌不够，到了船上可更糟了。盖的那床被大而不暖，不知为什么独选着它陪我旅行。我在常德买了一斤腊肝、半斤腊肉，在船上吃饭很合适……莫说吃的吧，因为摇船歌又在我耳边响着了，多美丽的声音！

　　我们的船在煮饭了，烟味儿不讨人嫌。我们吃的饭是粗米饭，很香很好吃。可惜我们忘了带点豆腐乳，忘了带点北京酱菜。想不到的是路上那么方便，早知道那么方便，我们还可带许多北京宝贝来上面，当"真宝贝"去送人！

　　你这时节应当在桌边做事的。

　　山水美得很，我想你一同来坐在舱里，从窗口望那点紫色的小山。我想让一个木筏使你惊讶，因为那木筏上面还种菜！我想要你来使我的手暖和一些……

十三日下午五时

泊曾家河

——三三专利读物

　　我的小船已泊到曾家河。在几百只大船中间这只船真是个小物件。我已吃过了夜饭，吃的是辣子、大蒜、豆腐干。我把好菜同水手交换素菜，交换后真是两得其利。我饭吃得很好。吃过了饭，我把前舱缝缝罅罅用纸张布片塞好，再把后舱用被单张开，当成幔子一挂，且用小刀将各个通风处皆用布片去扎好，结果我便有了间"单独卧房"了。

　　你只瞧我这信上的字写得如何整齐，就可知船上做事如何方便了。我这时倚在枕头旁告你一切，一面写字，一面听到小表嘀嘀哒哒，且听到隔船有人说话，岸上则有狗叫着。我心中很快乐，因为我能够安静同你来说话！

　　说到"快乐"时我又有点不足了，因为一切纵妙不可言，缺少个你，还不成的！我要你，要你同我两人来到这小船上，才有意思！

　　我感觉得到，我的船是在轻轻的，轻轻的在摇动。这正同摇篮一样，把人摇得安眠，梦也十分和平。我不想就睡。我应当痴痴的坐在这小船舱中，且温习你给我的一切好处。三三，这时节还只七点三十分，说不定你们还刚吃饭！

我除了夸奖这条河水以外真似乎无话可说了。你来吧，梦里尽管来吧！我先不是说冷吗？放心，我不冷的。我把那头用布拦好后，已很暖和了。这种房子真是理想的房子，这种空气真是标准空气。可惜得很，你不来同我在一处！

我想睡到来想你，故写完这张纸后就不再写了。我相信你从这纸上也可以听到一种摇橹人歌声的，因为这张纸差不多浸透了好听的歌声！

你不要为我难过，我在路上除了想你以外，别的事皆不难过的。我们既然离开了，我这点难过处实在是应当的，不足怜悯的。

二哥
一月十三下八时

忆麻阳船

　　天气还早得很，水手就泊了船，水面歌声虽美丽得很，我可不能尽听点歌声就不寂寞！我心中不自在。我想来好好的报告一些消息。从第一页起，你一定还可以收到这种通信四十页。

　　这时节正是五点廿五分，先前摇橹唱歌的那只大船已泊近了我的船边，只听到许多人骂野话。许多篙子钉在浅水石头上的声音，且有人大嚷大骂。三三，你以为这是"吵架"，是不是？你错了。别担心，他们不过是在那里"说话"罢了。他们说话就永远得用个粗野字眼儿，遇要紧事情时，还得在每句话前后皆用野话相衬，事情方做得顺手。这种字眼儿的运用，父子中间也免不了。你不要以为这就是野人。他们骂野话，可不做野事。人正派得很！船上规矩严，忌讳多。在船上客人夫妇间若撒了野，还得买肉酬神。水手们若想上岸撒野，也得在拢岸后的。他们过得是节欲生活，真可以说是庄严得很！

　　船中最美的恐怕应得数麻阳船。大麻阳船有"鳅鱼头"同"五舱子"，装油两千篓，摇橹三十人，掌舵的高据后楼，下滩时真可谓堂皇之至！我就坐过这样大船一次，还有床同玻璃窗，各处皆是光溜溜的。十四年后这船还使我神往。其次是小船，就是我如今坐的"桃源划子"。但我不幸得很，遇到几个懒人。我对他们无办法。我看情形到家中必需十天，这数目加上从北平到桃源的四天，一共就是十四天，下行也许可以希望少两天，但因此一来，我至多也只能在家中住四天了。我运气坏，遇到这种小船真说不出口。看到他们早早的停泊，我竟不知怎么办。照规矩他们又可以自由停泊的，他们可以从各样事情上找机会，说出不能开动的理由。我呢，也觉得天气太冷，不忍要他们在水中受折磨。可是旁人少受些折磨，我就多受些折磨，你说我怎么办？

　　我先以为我是个受得了寂寞的人，现在方明白我们自从在一处后，我就变成一个不能够同你离开的人了……三三，想起你我就忍受不了目前的一切了。我真像从前等你回信，不得回信时神气。我想打东西，骂粗话，让冷风吹冻自己全身。我明白我同你离开越远也反而越相近。但不成，我得同你在一处，这心才能安静，事也才能做好！我试过如何来利用这长长的日子写篇小说，思想很乱，无论如何竟写不出什么来。

一月十四下六时

泊缆子湾

十五日下午七点十分

　　我的小船已泊定了。地方名"缆子湾"，专卖缆子的地方。两山翠碧，全是竹子。两岸高处皆有吊脚楼人家，美丽到使我发呆。并加上远处叠嶂，烟云包裹，这地方真使我得到不少灵感！我平常最会想象好景致，且会描写好景致，但对于当前的一切，却只能做呆二了。一千种宋元人作桃源图也比不上。

　　我已把晚饭吃过了，吃了一碗饭、三个鸡子、一碗米汤、一段腊肝。吃得很舒服，因此写信时也从容了些。下午我为四丫头写了个信。我现在点了两支蜡烛为你写信，光抖抖的，好像知道我要写些什么话，有点害羞的神气。我写的是……别说了，我不害羞烛光可害羞！

　　三三，你看了我很多的信了，应当看得出我每个信的心情。我有时写得很乱，也就是心正很乱。譬如现在呢，我心静静的，信也当静静的写下去。吃饭以前我校过几篇《月下小景》，细细的看，方知道原来我文章写得那么细。这些文章有些方面真是旁人不容易写到的。我真为我自己的能力着了惊。但倘若这认识并非过分的骄傲，我将说这能力并非什么天才，却是耐心。我把它写得比别人认真，因此也就比别人好些的。我轻视天才，却愿意人明白我在写作方面是个如何用功的人。

我还在打量，看如何一来方把我发展完全，不至于把力量糟蹋到其他小事上去。同时还有你，你若用心些，你的成就同我将是一样的。我希望你比我还好，你做得到。一定做得到。我心太杂乱，只有写作能消耗掉。你单纯统一。比我强。

你接到这信时，一定先六七天就接到了我的电报。我的电一定将使你为难。我知道家中并无什么钱。上海那百块钱纵来了，家中这个月就处处要钱用。你一定又得为我借债，一定又得出面借债！想起这些事我很不安。我记起了你给我那两百块钱，钱被九九拿去做学费了，你却两手空空的在青岛同我蹲下去。结婚时又用了你那么多钱。我们两人本来不应当分什么了的。但想起用了那么多钱，三三到冬天来还得穿那件到人家吃茶时不敢脱下的大衣，你想，我怎么好过。三三，我这时还想起许多次得罪你的地方，我眼睛是湿的，模糊了的。我觉得很对不起你。我的人，倘若这时节我在你身边，你会明白我如何爱你！想起你种种好处，我自己便软弱了。我先前不是说过吗："你生了我的气时，我便特别知道我如何爱你。"现在你并不生我的气，现在你一定也正想着远远的一个人。我眼泪湿湿的想着你一切的过去！

三三，我想起你中公时的一切，我记起我当年的梦，但我料不到的是三三会那么爱我！让我们两个人永远那么要好吧。我回来时，再不会使你生气面壁了。我在船上学得了反省，认清楚了自己种种的错处。只有你，方那么懂我并且原谅我。

我因为冷得很，已把被盖改变了一下，果然暖多了。我已不那么冷了，睡觉时把衣脱去，一定更暖和了。我们的船傍着一大堆船停泊的，隔船有念书的、唱戏的、说笑话的。我船上水手，则卧在外舱吃鸦片烟，一面吃烟还是一面骂野话。船轻轻的摇摆着，烛光一跳一跳，我猜想你们也正把晚饭吃过为我算着日子。

我一哭了，便心中十分温柔。

我还有五天在这小船上，至少得四天。明天我预备做事了。

我希望到了家中，就可看到我那篇论海派的文章，因为这是你编的……我盼望梦里见你的微笑。

十五下

三三，船旁拢了一只麻阳船，一个人在用我那地方口音说话，我真想喊他一声！

还有更动人的是另一个人正在唱"高腔"，声音韵极了。动人得很！

你以为我舱里乱七八糟是不是？我不许你那么猜。正相反，我的舱中太干净了，一切皆放光，一切并且极有秩序，是小船上规矩！明天若有太阳，我当为这小舱照个相寄给你。照片因天气不好，还不开始用它。只是今天到柳林岔时，景致太美，便不问光线如何在船头照了一张……

我听到隔船那同乡"果囊""果条伢哉""果才蠢喃"，我真想问问他是"哪那的"人。①三三，乡音还不动人，还有小孩的哭声，这小孩子一定也是"果囊"人的。哭的声音也有地方性，有强烈个性！

---

① 凤凰话，意思依次为"那里""那个孩子""这真蠢""哪里的"。

今天只写两张

十六日上午九点

现在已九点钟，小船还不开动，大雪遮盖了一切，连接了天地。我刚吃过饭。我有点着急，但也明白空着急毫无益处。晚上又睡不好。同你离开后就简直不能得到一个夜晚的安睡。但并不妨事，精神可很好。七点左右我就起来看自己的书，校正了些错字，且反复检察了一会。《月下小景》不坏，用字顶得体，发展也好，铺叙也好。尤其是对话。人那么聪明！二十多岁写的。这文章的写成，同《龙朱》一样，全因为有你！写《龙朱》时因为要爱一个人，却无机会来爱，那作品中的女人便是我理想中的爱人。写《月下小景》时，你却在我身边了。前一篇男子聪明点，后一篇女子聪明点。我有了你，我相信这一生还会写得出许多更好的文章！有了爱，有了幸福，分给别人些爱与幸福，便自然而然会写得出好文章的。对于这些文章我不觉得骄傲，因为等于全是你的。没有你，也就没有这些文章了。而且是习作，时间还多呐。

　　我今天想做点事，写两篇短论文，好在辰州时付邮。故只预备为你写两张信。我的小船已开动了，看情形，到家中至少还得七天。我发现所带的信纸太少了，在路上就会完事，到家后不知用什么来写信。我忘了告你把信寄存到辰州邮局的办法了，若早记着这一种办法，则我船到辰州时，可看到你几封信，从家中回辰时，又可接到你一大批信了。多有你些信，我在路上也一定好过些。

　　我真希望你梦里来找寻我，沿河找那黄色小船！在一万只船中找那一只。好像路太远了点，梦也不来。我半夜总为怕人的梦惊醒，心神不安，不知吃什么就好些。我已买了一顶绒帽，同我两人在前门大街看到的一样，花去了四角钱。还不能得一双棉鞋，就因为桃源地方各处便买不出棉鞋。我也许到辰州便坐轿子回去，因为轿子到底快一些。坐轿人可苦一点，然而只要早到早回，苦点也不在乎了。天气太冷，空气也仿佛就要结冰的样子。乡村有鸡叫，鸡声也似乎寒冷得很。来得不凑巧，想不到南方的冷比北方还坏些。

　　又有了橹歌。简直是诗！在这些歌声中我的心皆发抖，它好像在为我唱的，为爱而唱的。事实上是为了劳动而自得其乐唱的。下水船摇橹不费事！

　　船坐久了心也转安静，但我还是受不了的。每一桨下去，我皆希望它去得远一点，每一篙撑去，我皆希望它走得快一点。但一切无办法。水太急了，天气又太冷。

今天小船还得上一个大滩，也许我就得上岸走路。这滩上照例有若干大船破碎不完的搁在浅水中，照例每天有船坏事。你可放心，这全是大船出的乱子，小船分量轻，面积小，还无资格搁在那地方的！并且上水从河边走，更无所谓危险。这信到你手边时，过三四天我一定又坐着这样小船在下滩了。那滩名"青浪滩"，问九九，九九知道。滩长廿五里，不到十分钟可以下完。[①]至于上去，可就麻烦了，有时一整天。大船上去得一整天，小船则两三个钟头够了。天气好些，我当照个相，送给你领略一下，将来上行时有个分寸。四丫头一定不怕这种滩水，因为她的大相在旅行中还是笑眯眯的。

我小船已上一小滩了，水吼得吓人，浪打船边舱板很重。我不怕，我不怕。有了你在我心上，我不拘做什么皆不吓怕了。你还料不到你给了我多少力气和多少勇气。同时你这个人也还不很知道我如何爱你的。想到这里我有点小小不平。

我今天恐不能为你作画了，我手冻得发麻，画画得出舱

---

① 原信旁注："共四十里廿分钟直下，好险！"

外风中去，更容易把手冻僵，故今天不拿铅笔。山同水越到上面也越好，同时也似乎因为太奇太好，更不能画它了。你若见到了这里的山，你就会觉得劳山①那些地方建筑房子太可笑了。也亏山东人好意思，把那些地方也当成好风景，而且作为修仙学道的地方。真亏他们。你明年若可以离开北平了，我们两人无论如何上来一趟，到辰州家中住一阵，看看这里不称为风景的山水，好到什么样子。我还希望你有机会同我到凤凰住住，你看那些有声有色的苗人如何过日子！

三三，我的小船快走到妙不可言的地方了，名字叫"鸭窠围"，全河是大石头，水却平平的，深不可测。石头上全是细草，绿得如翠玉，上面盖了雪。船正在这左右是石头的河中行走。"小阜平冈"，我想起这四个字。这里的小阜平冈多着……

二哥

一月十六十点

---

① 劳山：崂山。

第三张……

十六日十一点

　　我不是说今天只预备写两页信吗，这不成的。两岸雀鸟叫得动人得很，我学它们叫，文章也写不下去了。现在我已学会了一种曲子，我只想在你面前来装成一只小鸟，请你听我叫一会子。南边与北方不同的地方也就在此，南方冬天也有莺、画眉、百舌。水边大石上，只要天气好，每早就有这些快乐的鸟，据在上面晒太阳，很自得的啭着喉咙。人来了，船来了，它便飞入岸边竹林里去。过一会，又在竹林里叫起来了。从河中还常常可以看到岸上有黄山羊跑着，向林木深处窜去。这些东西同上海法国公园养的小獐一个样子，同样的色泽，同样的美而静，不过黄羊胖一点点罢了。

　　你还记得在劳山时看人死亡报庙时情形没有？一定还好好记得。我为那些印象总弄得心软软的。那真使人动心，那些吹唢呐的、打旗帜的、戴孝的、看热闹的，以至于那个小庙，使人皆不容易忘掉。但你若到我们这里来，则无事不使你发生这种动人的印象。小地方的光、色、习惯、观念，人的好处同坏处，凡接触到它时，无一不使你十分感动。便是那点愚蠢、狡猾，也仿佛使你城市中人非原谅他们不可。不是有人常常问到我们如何就会写小说吗？倘若许我真真实实的来答复，我真想说："你到湘西去旅行一年就好了。"但这句话除了你恐怕无人相信得过。

你这人好像是天生就要我写信似的。见及你，在你面前时，我不知为什么就总得逗你面壁使你走开，非得写信赔礼赔罪不可。同你一离开，那就更非时时刻刻写信不可了。倘若我们就是那么分开了三年两年，我们的信一定可以有一箱子了。我总好像要同你说话，又永远说不完事。在你身边时，我明白口并不完全是说话的东西，故还有时默默的。但一离开，这只手除了为你写信，别的事便无论如何也做不好了。可是你呢？我还不曾得到你一个把心上挖出来的信。我猜想你寄到家中的信，也一定因为怕家中人见到，话说得不真。若当真为了这样小心，我见到那些信也看得出你信上不说，另外要说的话。三三，想起我们那么好，我真得轻轻的叹息，我幸福得很，有了你，我什么都不缺少了。

二哥

十六午前十一点廿分

横石和九溪

十八日上午九时

　　我七点前就醒了，可是却在船上不起身。我不写信，担心这堆信你看不完。起来时船已开动，我洗过了脸，吃过了饭，就仍然做了一会儿痴事……今天我小船无论如何也应当到一个大码头了。我有点儿慌张，只那么一点点。我晚上也许就可以同三弟从电话中谈话的。我一定想法同他们谈话。我还得拍发给你的电报，且希望这电报送到家中时，你不至于吃惊，同时也不至于为难。你接到那电报时若在十九，我的船必在从辰州到泸溪路上，晚上可歇泸溪。这地方不很使我高兴，因为好些次数从这地方过身皆得不到好印象。风景不好，街道不好，水也不好。但廿日到的浦市，可是个大地方，数十年前极有名，在市镇对河的一个大庙，比北京碧云寺还好看。地方山峰同人家皆雅致得很。那地方出肥人，出大猪，出纸，出鞭炮。造船厂规模很像个样子。大油坊长年有油可打，打油人皆摇曳长歌，河岸晒油篓时必百千个排列成一片。河中且长年有大木筏停泊，有大而明黄的船只停泊，这些大船船尾皆高到两丈左右，渡船从下面过身时，仰头看去恰如一间大屋。那上面一定还用金漆写得有一个"福"字或"顺"字！地方又出鱼，鱼行也大得很。但这个码头却据说在数十年前更兴旺，十几年前我到那里时已衰落了的。衰落的原因为的是河边长了沙滩，不便停船，水道改了方向，商业也随之而萧条了。正因为那点儿"旧家子"的神气，大屋、大庙、大船、大地方，商业却已不相称，故看起来尤其动人。我还驻扎在那个庙里半个月到廿天，属于守备队第一团，那庙里墙上的诗好像也很多，花也多得很，还有个"大藏①"，样子如塔，高至五丈，在一个大殿堂里，上面用木砌成，全是菩萨。合几个人力量转动它时，就听到一种吓人的声音，如龙吟太空。这东西中国的庙里似乎不多，非敕建大庙好像还不作兴有它的。

　　我船又在上一个大滩了，名为"横石"，船下行时便必需进点水，上行时若果是只大船，也极费事，但小船倒还方便，不到廿分钟就可以完事的。这时船已到了大浪里，我抱着你同四丫头的相片，若果浪把我卷去，我也得有个伴！

　　三三，这滩上就正有只大船碎在急浪里，我小船挨着它

――――――――――

① 大藏：转轮藏，一般称转经筒，原设于浦峰寺。

过去，我还看得明明白白那只船中的一切。我的船已过了危险处，你只瞧我的字就明白了。船在浪里时是两面乱摆的。如今又在上第二段滩水，拉船人得在水中弄船，支持一船的又只是手指大一根竹缆，你真不能想象这件事。可是你放心，这滩又拉上了……

我想印个选集了①，因为我看了一下自己的文章，说句公平话，我实在是比某些时下所谓作家高一筹的。我的工作行将超越一切而上。我的作品会比这些人的作品更传得久，播得远。我没有方法拒绝。我不骄傲，可是我的选集的印行，却可以使些读者对于我作品取精摘尤得到一个印象。你已为我抄了好些篇文章，我预备选的仅照我记忆到的，有下面几篇：

柏子、丈夫、夫妇、会明（全是以乡村平凡人物为主格的，写他们最人性的一面的作品。）

龙朱、月下小景（全是以异族青年恋爱为主格，写他们生活中的一片，全篇贯串以透明的智慧，交织了诗情与画意的作品。）

都市一妇人、虎雏（以一个性格强的人物为主格，有毒

---

① 这是作者第一次提到印选集的想法。两年后，《从文小说习作选》才由上海良友图书印刷公司出版。

的放光的人格描写。）

　　黑夜（写革命者的一片段生活。）

　　爱欲（写故事，用天方夜谭风格写成的作品。）

　　应当还有不少文章还可用的，但我却想至多只许选十五篇。也许我新写些，请你来选一次。我还打量作个《我为何创作》，写我如何看别人生活以及自己如何生活，如何看别人作品以及自己又如何写作品的经过。你若觉得这计划还好，就请你为我抄写《爱欲》那篇故事。这故事抄时仍然用那种绿格纸，同《柏子》差不多的。这书我估计应当有购者，同时有十万读者。

　　船去辰州已只有三十里路，山势也大不同了，水已较和平，山已成为一堆一堆黛色浅绿色相间的东西。两岸人家渐多，竹子也较多，且时时刻刻可以听到河边有人做船补船，敲打木头的声音。山头无雪，虽无太阳，十分寒冷，天气却明明朗朗。我还常常听到两岸小孩子哭声，同牛叫声。小船行将上个大滩，已泊近一个木筏，筏上人很多。上了这个滩后，就只差一个长长的急水，于是就到辰州了。这时已将近十二点，有鸡叫！这时正是你们吃饭的时候，我还记得到，吃饭时必有送信的来，你们一定等着我的信。可是这一面呢，积存的信可太多了。到辰州为止，似乎已有了卅张以上的信。这是一包，不是一封。你接到这一大包信时，必定不明白先从什么看起。你应得全部裁开，把它秩序弄顺，再订成个小册子来看。你不怕麻烦，就得那么做。有些专利的痴话，我以为也不妨让四妹同九妹看看，若绝对不许她们见到，就用另一纸条粘好，不宜裁剪……

船又在上一个大滩了，名为"九溪"。等等我再告你一切。

…………

好厉害的水！吉人天佑，上了一半。船头全是水，白浪在船边如奔马，似乎只想攫①你们的相片去，你瞧我字斜到什么样子。但我还是一手拿着你的相片，一手写字。好了，第一段已平安无事了。

小船上滩不足道，大船可太动人了。现在就有四只大船正预备上滩，所有水手皆上了岸，船后掌梢的派头如将军，拦头的赤着个膊子，船掯②到水中不动了，一下子就跃到水中去了。我小船又在急水中了，还有些时候方可到第二段缓水处。大船有些一整天只上这样一个滩，有些到滩上弄碎了，就收拾船板到石滩上搭棚子住下。三三，这争斗，这和水的争斗，在这条河里，至少是有廿万人的！三三，我小船第二

① 攫（jué）：抓、夺。
② 掯（kèn）：湘西方言，表示卡住。

段危险又过了，等等还有第三段得上。这个滩共有九段麻烦处，故上去还需些时间。我船里上了浪，但不妨的，这不是要远人担心的……

我昨晚上睡不着时，曾经想到了许多好像很聪明的话……今天被浪一打，现在要写却忘掉了。这时浪真大，水太急了点，船倒上得很好。今天天明朗一点，但毫无风，不能挂帆。船又上了一个滩，到一段较平和的急流中了。还有三五段。小船因拦头的不得力，已加了个临时纤手，一个老头子，白须满腮，牙齿已脱，却如古罗马人那么健壮。先时蹲到滩头大青石上，同船主讲价钱，一个要一千，一个出九百，相差的只是一分多钱，并且这钱全归我出，那船主仍然不允许多出这一百钱。但船开行后，这老头子却赶上前去自动加入拉纤了。这时船已到了第四段。

小船已完全上滩了，老头子又到船边来取钱，简直是个托尔斯太[1]！眉毛那么浓，脸那么长，鼻子那么大，胡子那么长，一切皆同画上的托尔斯太相同。这人秀气一些，因为生长在水边，也许比那一个同时还干净些。他如今又蹲在一个石头上了。看他那数钱神气，人那么老了，还那么出力气，为一百钱大声的嚷了许久，我有个疑问在心：

① 托尔斯太：今译作"托尔斯泰"。下同。

"这人为什么而活下去？他想不想过为什么活下去这件事？"

不止这人不想起，我这十天来所见到的人，似乎皆并不想起这种事情的。城市中读书人也似乎不大想到过。可是，一个人不想到这一点，还能好好生存下去，很希奇的。三三，一切生存皆为了生存，必有所爱方可生存下去。多数人爱点钱，爱吃点好东西，皆可以从从容容活下去的。这种多数人真是为生而生的。但少数人呢，却看得远一点，为民族为人类而生。这种少数人常常为一个民族的代表，生命放光，为的是他会凝聚精力使生命放光！我们皆应当莫自弃，也应当得把自己凝聚起来！

三三，我相信你比我还好些，可是你也应得有这种自信，来思索这生存得如何去好好发展！

我小船已到了一个安静的长潭中了。我看到了用鸬鹚咬鱼的渔船了，这渔船是下河少见的，这种船同这种黑色怪鸟，皆是我小时节极欢喜的东西，见了它们同见老友一样。我为它们照了个相，希望这相还可看出个大略。我的相片已照了四张，到辰州我还想把最初出门时，军队驻扎的地方照来，时间恐不大方便。我的小船正在一个长潭中滑走，天气极明朗，水静得很，且起了些风，船走得很好。只是我手却冻坏了，如果这样子再过五天，一定更不成事了的。在北方手不肿冻，到南方来却冻手，这是件可笑的事情。

我的小船已到了一个小小水村边，有母鸡生蛋的声音，有人隔河喊人的声音，两山不大而翠色迎人，有许多待修理的小船皆斜卧在岸上。有人正在一只船边敲敲打打，我知道他们是在用麻头同桐油石灰嵌进船缝里去的。一个木筏上面还有小船，正在平潭中溜着，有趣得很！我快到柏子停船的岸边了，那里小船多得很，我一定还可以看到上千的真正柏子！

我烤烤手再写。这信快可以付邮了，我希望多写些，我知道你要许多，要许多。你只看看我的信，就知道我们离开后，我的心如何还在你的身边！

手一烤就好多了。这边山头已染上了浅绿色，透露了点春天的消息，说不出它的秀。我小船只差上一个长滩，就可以用桨划到辰州了。这时已有点风，船走得更快一些。到了辰州，你的相片可以上岸玩玩，四丫头的大相却只好在箱子里了。我愿意在辰州碰到几个必须见面的人，上去时就方便些。辰州到我县里只二百八十里，或二百六或二百廿里，若坐轿三天可到，我改坐轿子。一到家，我希望就有你的信，信中有我们所照的相片！

船已在上我所说最后一个滩了，我想再休息一会会，上了这长滩，我再告你一切。我一离开你，就只想给你写信，也许你当时还应当苛刻一点，残忍一点，尽挤我写几年信，你觉得更有意思！

…………

二哥

一月十八十二时卅分

历史是一条河

十八日下午二时卅分

　　我小船已把主要滩水全上完了，这时已到了一个如同一面镜子的潭里。山水秀丽如西湖，日头已出，两岸小山皆浅绿色。到辰州只差十里，故今天到地必很早。我照了个相，为一群拉纤人照的。现在太阳正照到我的小船舱中，光景明媚，正同你有些相似处。我因为在外边站久了一点，手已发了木，故写字也不成了。我一定得戴那双手套的，可是这同写信恰好是鱼同熊掌，不能同时得到。我不要熊掌，还是做近于吃鱼的写信吧。这信再过三四点钟就可发出，我高兴得很。记得从前为你寄快信时，那时心情真有说不出的紧处，可怜的事，这已成为过去了。现在我不怕你从我这种信中挑眼儿了，我需要你从这些无头无绪的信上，找出些我不必说的话……

　　我已快到地了，假若这时节是我们两个人，一同上岸去，一同进街且一同去找人，那多有趣味！我一到地见到了有点亲戚关系的人，他们第一句话，必问及你！我真想凡是有人问到你，就答复他们："在口袋里！"

三三，我因为天气太好了一点，故站在船后舱看了许久水，我心中忽然好像彻悟了一些，同时又好像从这条河中得到了许多智慧。三三，的的确确，得到了许多智慧，不是知识。我轻轻的叹息了好些次。山头夕阳极感动我，水底各色圆石也极感动我，我心中似乎毫无什么渣滓，透明烛照，对河水，对夕阳，对拉船人同船，皆那么爱着，十分温暖的爱着！我们平时不是读历史吗？一本历史书除了告我们些另一时代最笨的人相砍相杀以外有些什么？但真的历史却是一条河。从那日夜长流千古不变的水里，石头和砂子，腐了的草木，破烂的船板，使我触着平时我们所疏忽了若干年代若干人类的哀乐！我看到小小渔船，载了它的黑色鸬鹚向下流缓缓划去，看到石滩上拉船人的姿势，我皆异常感动且异常爱他们。我先前一时不还提到过这些人可怜的生、无所为的生吗？不，三三，我错了。这些人不需我们来可怜，我们应当来尊敬来爱。他们那么庄严忠实的生，却在自然上各担负自己那分命运，为自己、为儿女而活下去。不管怎么样活，却从不逃避为了活而应有的一切努力。他们在他们那分习惯生活里、命运里，也依然是哭、笑、吃、喝，对于寒暑的来临，更感觉到这四时交递的严重。三三，我不知为什么，我感动得很！我希望活得长一点，同时把生活完全发展到我自己这份工作上来。我会用我自己的力量，为所谓人生，解释得比任何人皆庄严些与透入些！三三，我看久了水，从水里的石头得到一点平时好像不能得到的东西，对于人生，对于爱憎，仿佛全然与人不同了。我觉得惆怅得很，我总像看得太深太远，对于我自己，便成为受难者了。这时节我软弱得很，因为我爱了世界，爱了人类。三三，倘若我们这时正是两人同在一处，你瞧我眼睛湿到什么样子！

　　三三，船已到关上了，我半点钟就会上岸的。今晚上我恐怕无时间写信了，我们当说声再见！三三，请把这信用你那体面温和眼睛多吻几次！我明天若上行，会把信留到浦市发出的。

二哥

一月十八下午四点半

　　这里全是船了！

泸溪黄昏

十九下午七时

我似乎说过泸溪的坏话，泸溪自己却将为三三说句好话了。这黄昏，真是动人的黄昏！我的小船停泊处，是离城还有一里三分之一地方，这城恰当日落处，故这时城墙同城楼明明朗朗的轮廓，为夕阳落处的黄天衬出。满河是橹歌浮着！沿岸全是人说话的声音，黄昏里人皆只剩下一个影子，船只也只剩个影子，长堤岸上只见一堆一堆人影子移动，炒菜落锅的声音与小孩哭声杂然并陈，城中忽然当的一声小锣。唉，好一个圣境！

我明天这时，必已早抵浦市了的。我还得在小船上睡那么一夜，廿一则在小客店过夜，如《月下小景》一书中所写的小旅店，廿二就在家中过夜了……

明天就到廿了，日子说快也快，说慢又慢。我今天同昨天在路上已看到许多白塔，许多就河边石上捶衣的妇人，而且还看到河边悬崖洞中的房屋，以及架空的碾子。三三，我已到了"柏子"的小河，而且快要走到"翠翠"的家乡了！日中太阳既好，景致又复柔和不少，我念你的心也由热情而变成温柔的爱。我心中尽喊着你，有上万句话，有无数的字眼儿，一大堆微笑，一大堆吻，皆为你而储蓄在心上！我到家中见到一切人时，我一定因为想念着你，问答之间将有些痴话使人不能了解。也许别人问我："你在北平好！"我会说："我三三脸黑黑的，所以北平也很好！"不是这么说也还会有别的话可说，总而言之则免不了授人一点点开玩笑的机会。母亲年老了，这老人家看到我有那么一个乖而温柔的三三，同时若让这老人家知道我们如何要好，她还会更高兴的。我在辰州时，云六说："妈还说'晓得从文怎么样就会选到一个屋里人？同他一样的既不成，同他两样的，更不好。'可是如今可来了，好了，原来也还有既不同样也不异样的人！"家中人看到我们很好，他们的快乐是你想不出的。他们皆很爱你，你却还不曾见过他们！

三三，昨天晚上同今晚上星子新月皆很美，在船上看天空尤可观，我不管冻到什么样子，还是看了许久星子。你若今夜或每夜皆看到天上那颗大星子，我们就可以从这一粒星子的微光上，仿佛更近了一些。因为每夜这一粒星子，必

有一时同你眼睛一样，被我瞅着不旁瞬的。三三，在你那方
面，这星子也将成为我的眼睛的！

你的二哥

十九下九时

复张兆和[①]

（1938年4月3日）

四月三日十一时

三姊：

十二、十三、十四号信都收到，孩子大小相片见到五张。放大相顶美，神气可爱。有同乡老前辈见到，说小虎简直与其祖父幼小时完全一样。祖父成人时壮美少见，小虎长大一定也极好看。小龙样子聪明，只是缺少男子雄猛气分。

家中紫荆已开花。铁脚海棠已开花。笋子、蕨菜全都上市，蒜苗也上市。河鱼上浮，渔船开始活动，吃鱼极便利。

院前老树吐芽，嫩绿而细碎。常有不知名雀鸟，成群结队来树上跳跳闹闹。雀鸟声音、颜色都很美丽。小园角芭蕉树叶如一面新展开的旗子，明绿照眼。虽细雨连日，橘树中画眉鸟犹整日歌唱不休。杨柳叶已如人眉毛。全个调子够得

① 据缺尾残信编入。

上"清疏"两字。人不到南方，对于这两个字的意义不易明白。家中房子是土黄色，屋瓦是黑色，栏杆新近油漆成朱红色，在廊下望去，美秀少见。耳中只闻许多鸟雀声音，令人感动异常。黄鸟声尤其动人。

今天星期，这时节刚吃过饭。我坐在写字桌边，收音机中正播送最好听音乐，一个女子的独唱。声音清而婉。单纯中见出生命洋溢。如一湾溪水，极明莹透澈，涓涓而流，流过草地，绿草上开遍白花。且有杏花李花，压枝欲折。接着是个哑喉咙夏里亚宾式短歌，与廊前远望长河，河水微浊，大小木筏乘流而下，弄筏人举桡激水情境正相合。接着是肖邦的曲子，清怨如不可及，有一丘一壑之美，与当地风景倒有相似处。只是派头不足，比当地风景似乎还不如。尤其是不及现前这种情景。

你十三号信上说写了个长信，不曾发出，又似乎想起什么事十分难受。我觉得不要这样子为一些感觉苦恼自己。这是什么时代？这时代人应当有点改变，在空想上受苦不十分相宜。我知道你一定极累，我知道孩子累你，亲人、用人都累你，得你操心。远人也累你，累你担心一切，尤其是担心到一些永远不会发生的事情。我看到你信上说的"你是不是真对我好？"，我真不能不笑，同时也不能不……你又说似乎什么都无兴味了，人老了。什么都无兴味，这种胡思乱想却有兴味。人老了，人若真已衰老，哪里还会想到不真对你好。我知道，这些信一定都是你烦极累极时写的。说不定还是遇到什么特别不如意时写的。更说不定，还是遇到什么"老朋友"来信或看过你后使你受了点刺激而写的。总而言之便是你心不安定。我住定后你能早来也许会好一点。你说想回合肥真是做梦，你竟似乎全不知道这半年来产生了些什么事，不知道多少逃难者过的是什么日子，经验的是什么人生。我希望你注意一下自己，不要累倒，也不要为想象所苦恼。

希望你译书，不拘译本什么书都好，就因为我比你还更知道你，过去你读书用心，养成一种细致头脑，孩子只能消磨你的精力，却无从消磨你的幻想或思想。这个不曾消耗，积堆过久，就不免转入变态。或郁结成病，或喜怒无常。事后救济和事先预防，别无东西，只有工作。工作本身即无意义，无结果，可是最大好处却……

致张兆和

（1938年4月12日）

十二黄昏

三姊：

　　昨天黄昏感觉疲倦，腰部大不舒服，因此上了床，决定停一天再走。因此今天不走。白天写信时觉得很好，到下午有点不妥，尚以为信写得太多了的原因。吃过饭，便觉得又有点和昨天差不多情形，肚子咕碌碌作响，人很疲倦，又想睡。骨节作痛。情形与昨天一样，与小五哥、杨小姐数日前所患也一样。应当休息再说。可是行李已打了包，什么都准备好了。还是决定明天上路，一切交之于天。不上路我也不成。钱已快用光了。不上路什么都得重新想法。也许在边境上我可休息两天，因等车而休息。

　　这时节已将近黄昏，尚可听到八哥和画眉叫声。城头上有人吹号角。我有点痛苦——不，我有的是忧愁——不，我只是疲倦而已。我应当休息，需要休息。

想起你每日为孩子累倒的情形，我心中充满同情。若两人在一处，这疲倦便抵消了，会很平静的坐在廊下，看黄昏中小山城炊烟如何慢慢上浮，拉成一片白雾，一切鸟声、市声犹如浮在这白雾里。

×小姐同刘家父女同大哥正在楼下小房中玩牌，大家都欢喜大哥。

过一会儿我也许还可听听音乐，想它会能恢复我一点力量，一点生气。如明天可以上车，明天这时节，我一定住在一个小小旅馆里，地方比这里小得多，可是风景却美丽得多。住的地方是黔湘边境，说不定入夜即可听狼嗥，听豹子吼。

头有点闷重。应当休息。又似乎吃错了冷茶，我记起了我不宜于吃冷茶，一吃即出毛病。多久以来即注意到这件事。不凑巧今天又这么来了一下。

这里黄昏实在令人心地柔弱。对河一带，半山一条白烟，太美丽了也就十分愁人。家中大厨子病霍乱一天，即在医院去世，今天其父亲赶来，人已葬了，父亲即住在那厨子住的门房里，吃晚饭时看到那老头子畏怯怯的从廊子下边走到厨房去，那种畏怯可怜印象，使我异常悲悯。那么一个父亲，远远的跑来，收拾儿子一点遗物，心中凄凉可知。尤其是悲哀痛苦不能用痛哭表现，只是沉默默的坐在那门房里，到吃饭时始下厨房去吃饭。同住的是个马夫，也一句话不说，终日把他的烟管剥剥剥敲房枋。小五哥一走，天又下雨，马像是不大习惯，只听到在园中槽口上打喷嚏。园中草地已绿成一片。

小虎小龙和你若这时在我身边，我一定强多了。

窗间还亮，想睡又觉太早。

孩子使你累得很，到累倒时，想想我的情形，会好一点。我不会忘记你们的。黄昏，半夜时听隔屋孩子哭声，心里也很动念，仿佛哭的是小虎。

小龙一定不常哭了。天气转暖，孩子一定已可穿薄夹衣看花了。这里我又穿上了棉袍，也许还得一直穿上昆明。被盖留下大丝棉被，换了一床蓝色绸纱的，比较小，比较轻。箱子只带两个小的，大的不带。将来要带也方便，邮局寄运行李较公路自带还稍贱。

黄昏已来，只听到远远的有鸟雀唤侣回巢，声音特别。有孩子笑嚷。我想给你们寄点印花布，作孩子被单，这里印花布太美，来不及了，将来或要大哥寄，当信寄可收到。

手边有一本选集，一本《湘行散记》，一本《边城》，一本《新与旧》，一本《废邮存底》，象征卅年生命之沉淀。我预备写一本大书，到昆明必可着手。

　　健吾有信来，奇怪……据说是爱国女学的学生。想来很有意思，因料不到有那么一个人同看电影，同过日子的。

　　大姐无信来，想已回上海，又以为我们上了路。若彼尚在汉口，必可见小五哥。

　　听到杜鹃叫了，第一次听它，似在隔河。声音悲得很。无怪乎古人说杜鹃悲啼，神话中有杜鹃泣血故事。几个北来朋友还是一生第一次听到它。声音单纯而反复，常在黄昏夜半啼，也怪。

　　吻你和孩子。

四弟

四月十二下七时

致张兆和

（1938年8月19日）

三姐：

　　这信是托一个人带来的。我为给你写信，脑子全搅乱了，不知要如何写下去好。我很希望依然能够从从容容同你谈点人事天气，我写来快乐点，你看来也舒服点，但是办不到。一写总像是同你生气似的。我为你前一来信工作又搁了一礼拜。心里很乱，头很乱，信写来写去老是换纸。写到后来总不知不觉要问到你究竟是什么意思，是打算来，打算不来？是要我，是不要我？因为到了应当上路时节还不上路，你不能不使人惑疑有点别的原因。你从前说的对我已"无所谓"，即或是一句"牢骚"，但事实上你对于上路的态度，却证明真有点无所谓。我所有来信说的话，在你看来都无所谓。

　　你的迁延游移，对我这里所有的影响是什么事也不能作，纵作也不会好。这样下去自然受不了。

　　所以我现在同你来商量，你想来，就上路；不愿意来，就说"不来"（不必说什么理由，我明白理由）。从你信上说准了不来，我心定了，不必老担着一分心，更不必要朋友代为担心，我就要他们把护照寄回缴销，了一件事。如此一来，你不会再接我这种无理催促的信，过日子或安静一点。我不会巴巴白盼望，脑子会好一点。

　　决定不来后，这半年还要多少钱，可来信告我一声，当为筹措拨来。我这里一切情形，你无兴味，我将不至于再来连篇累牍烦你了。（你只说是为孩子，爱他，怕他们上路受苦所以不来，不以为是变相分离，这一切都由你。）我这里得到你决定不来信息后，心一定，将重新起始好好的过日子下去。再不作等待的梦，会从实际上另外找出点工作去做。

　　我们这里事务年底结束一部分。明年从新另作。你们来，我自然留下不动，若不来，或到那时我就换个地方。有好些地方我都可去，同小龙三叔一处，就是种很好的生活。虽危险点，意义也好点。

　　给我来信时说老实话，不要用什么不必要的理由，表示你"预备来，只是得等等"，如此等下去。这么等下去是毫无意义的，费钱、费事、费精神的。时移世变，人寿几何？共同过日子，若不能令你满意，感到麻烦和委屈，我为爱你，自然不应当迫促你来受麻烦受委屈。只要你住下来心安理得，我为忏悔数年来共同生活种种对不起你处，应尽的责任必尽。为了种种不得已原因，我此后的信或者不能照往常那么多了，还望你明白这时正是战争，话不好说，也无什么可说，加以原谅。你只好好照料孩子，不必以远人为念。我自己会保重，因为物质上接济，对孩子们责任，我不至于因你任何情形，我就不肯负责。凡是我对你们应尽的责任，永远不会推辞。

我心乱也只是很短期间的事，痛苦也不久长，过不多久就会为"职务"或"责任"上的各种工作，来代替转移了。我很愿意你和孩子幸福而快乐；很愿意你觉得所有的打算，的确使你少些麻烦，忘掉委屈。单独住下来比同我在一处，有意思些，安静些，合乎理想些。

我写到这里时心很静，不生气，不失望。我依然爱你和孩子，虽然你们对于我即或可有可无，我也不在意。这里天气热时，可以穿夹衣，今天天气又冷一点，我的厚驼绒袍又上身了。桌上有两个孩子的相片，很乖很可爱。我看了许多书，看书的结果，使我好像明白了些过去不明白的事情。看苏格拉底，那种作人的派头，很有意思。看……写这个信时，竟似乎把六七年写信的情绪完全恢复过来了。你还年青，不大明白我，我也不需要你明白。你尽管照你打算去生活吧。

　　我很想用最公平的态度、最温和的态度，向你说，倘若你真认为我们的共同生活，很委屈了你，对你毫无好处，同在一处只麻烦，无趣味，你无妨住下不动。倘若你认为过去生活是一种错误，要改正，你有你的前途，同我长久在一处毁了你的前途，要重造生活，要离开我重新取得另外一分生活，只为的是恐社会不谅，社会将事实颠倒，不责备我却反而责备你，因此两难，那么，我们来想方设法，造成我一种过失（故意造成我一种过失），好让你得到一个理由取得你的自由、你的幸福。总之在共同生活上若不能给你以幸福，就用一别的方法换你所需要幸福，凡事好办。我在小问题上也许好像是个难说话的人，在这些大处却从无损人利己企图，还知所以成人之美，还能忍受，还会做人。我很希望你处置这类事，能用理智，不用情感。不必为我设想，我到底是一个男子，如果受点打击为的是不善待你而起，这打击是应当忍受的。我已经是个从世界上各种生活里生活过来的人，过去的生活上的变动太大，使我精神在某方面总好像有点未老先衰的神气，在某方面又不大合乎常态，在某方面总不会使近在身边的人感到满意，都是很自然的，不足为奇的。我也可以说已经老了。你呢，几年来同我在一处过日子，虽事事委屈你，受挫折麻烦，一言难尽。孩子更牵绊身边，拘束累赘，消磨了少年飞扬之气不少。但终究还年青得很，前途无限。在情感上我不绊着你，在行为上孩子不绊住你，你的生活还可以同许多女孩子一样，正可在社会上享受各种的殷勤，自由选择未来的生活。要变更生活，重造生活，只要你愿意，大致是非常便利的！不用为我设想，去做你所要做的事情吧。倘若我们生活在委屈你外一无所得，我决不用过去拘束你的未来行为。你即或同我在一处，你还有权利去选择你认为是好的生活。你永远是一个自由人。

我把住处已整理得很好了，窄而小，可是来个客坐下时很舒适。两个长篇已开始载出，一个八月十三起始，一个八月七号起始。我想想，我这个人在生活上恐怕得永远失败了，弄不出什么好成绩了，对家人、朋友，都不容易令人如何满意（即或我对此十分努力也是徒然），我的唯一成就，或者还是一些篇幅不大的小册子。我的理想，我的友谊，我的热情，我的智慧，也只能用在这一堆小册子上。即如这些作品，所谓最好的读者，也不会对之有多少认识，不过见着它在社会上存在，俨然特殊的存在，就发生一点兴味罢了。真正说来倒是孑然孤立存在到这个世界上，倏然而来悠然而去，对这个流俗趣味支配一切的世界是不生多大影响的。想到这里，我毫无悲伤情绪。我正在学习古来所谓哲人，虽活在世界上，却如何将精神加以培养，爱憎与世俗分离，独立阅世处世的态度。学认识自己，控制自己，为的是便于观察人生，了解人生。自己作到不忧、不乐、不惧、不私地步，看一切就清楚许多。目前还不免常有所蔽，学养不到家，因此易为物围。在作品上能表现"明察"，还不能表现"伟大"。再经过一些试练——一些痛苦的教训，一种努力，会不同点。间或也不免为一些人事上的幻念所苦，似乎忍受不来，驾驭不住，可是一切慢慢的都会弄好的。譬如你即或要离我他去，我也会用理性管制自己，依然好好的作事做人，且继续我对孩子应负的责任。在任何情形下我将学习"不责人"的生活观。不轻于责人，却严以律己，将自己生活情感合理化，如此活在这个社会中，对于个人虽很容易吃亏，对于人类说不定可望有一点不大不小的贡献。

不要以为我说的是气话，我无理由生你的气。我告你的是你应当明白的。至于你自己呢，你似乎还不大明白你自己，因此对我竟好像仅仅为迁就事实，所以支吾游移。对共同过日子似乎并无多大兴味，因此正当兵荒马乱年头，他人求在一处生活还不可得，你却在能够聚首机会中，轻轻的放过许多机会。说老实话，你爱我，与其说爱我为人，还不如说爱我写信。总乐于离得远远的，宁让我着急、生气、不受用，可不大愿意同来过一点平静的生活。——你认为平静是对你的疏忽，全不料到平静等于我的休息，可以准备精力作一点永久事业。——你有时说不定真也会感到对我"无所谓"，以为许多远近生熟他人，对你的尊敬与爱重，都比我高过许多，而你假若同其中一个生活，全会比同我在一处更合宜，更容易发展所长。换言之，就是假若和这些人过日子，一定不至于有遇人不淑之感。可是你却无勇气去试验，去改造。这有感想难实现的种种，很显然只能更增加你对事实上的我日觉得平凡，而对于抽象中的他人觉得完美。我很盼望你有机会证实一下你的想象，不必为我设想，去试验另一种人生。如果能得到幸福，那是你应当得到的幸福；如果结果失望，那你还不妨回头，去掉那点遇人不淑之感，我们还可把生活过得上好！你既不能如此，也不肯如彼，所以弄得成现在情形。你要怎么办（爱我或不爱我），我就不大明白，你自己也仿佛不十分明白。（正因为如果自己很明白，就不至于对行止游移，且在游移中迁延时日了。）不相信试去想想，分析一下自己，追究一下自己，看看这种游移是不是恰恰表现你主意不定的情状。（表示你不愿来，不能去，以如此分开权为得计的情状。）这么分开两地，原来只是不得已而如此，你却转以为好，有办法和机会带孩子来，尚不自觉见出你乐于分居的态度。我说的不自知，正即谓此。你还不大知道这么办对目前为得计，对长久如何失计。因为如此下去，在你感觉中对我的遇人不淑之感，即或因"眼不见心不烦"可以减少一些，对人的证实幻想机会却极多，又永不去完全证实一下，情形就很容易成为对我的好意的忽略，对自己无决断无判断力的继续，你想想，这于你有什么好处？孩子有什么好处？你对南行的态度就恰恰看出你对生活的态度。你若自己知道的多一点时，行或止会都有更确定的主张，拿得出这种主张。

　　在来信上我老爱问你"究竟意思是怎么样？"，因为你处处见出模胡。我还要说"一切由你"，免得你觉得我对你有所拘束，行动不能自由，无从自主。我很需要你在一切自由情形下说明你的意思。要甘苦与共的同过患难日子？要生活重造不再受我的委屈？要不即不离维持当前形势？不妨在来信中说个明白。我可以告你的是：我决不利用我的地位，我的别的拘束你、限制你、缠缚你。你过去、当前、未来永远是个自由人。你倘若有什么理想，我乐于受点损害完成你的理想。你要飞，尽可飞。你如果一面要迁就事实，一面又要违反事实，只想两人生活照常分得远远的，用读读来信打发日子，我只怕在短期中你会失望，这种信写得来也寄不来，因为这时代是"战争时代"！看看这一天又过去了，什么事也不能作，写了那么多"老话"。斜阳在窗间划出一条长线，想起自己的命运，转觉好笑。我自己原来处处还是一个"乡下人"，所有意见与计算，说来都充满呆气，行不通的。家庭生活不能令你发生兴趣，如此时代，还认为在一处只有麻烦，离得远远的反而受用，你自然是有理由的。我的生活表面上好像已经很安定了，精神上总是老江湖飘飘荡荡。情绪上充满了悲剧性，都是我自己编排成的，他人无须负责也不必给予同情的。我觉得好笑，为什么当时不作警察，倒使我现在还愿意作一警察。

四弟 兆顿首

八月十九

致张兆和

（1956年10月24日）

十月廿四日晚上

三三，夜已极静。

今天小五哥已和我到一苏州著名皮鞋店买成黑色皮鞋一双，价目是我有生以来所购最贵的一双鞋子。计十六元五角，一只已达八元二角五！又另买布毯二床，因选来挑去，还只此二种好看，是尊重他艺术眼光挑定的。已托他另寄北京。

我们约定今天看虎丘塔和园子。早上先到逸园，吃早上东西，再坐马车到虎丘。虎丘可看的是大塔，已歪斜，闻文管会正筹备保护工作。照我们看来，下部裂痕明显，基础已不稳固，塔已斜，又过重，再经二三雨季，恐怕会有问题，千年名迹将成瓦砾一堆。命运将和雷峰相似。塔各处都已太旧，惟红白斑驳耸立于蓝天白云背景中，非常美观。上面飞鹰盘旋，八哥鸟成群鸣噪，这种景象恐不易再得！虎丘房子经加修整，已成苏州新名胜区，小街上生意比呈贡还好得多，馆子且比北京一些馆子还好。闻星期日热闹如赶街子，学生结队到来总不易结队回去，可想见游人之多！虎丘附近五里全是花房，田地全是一盆盆木兰、玖玖和茉莉，河码头运花船只，可运数十大箩筐木兰花，每筐计四十斤，运到一茶厂去薰茶。我们就眼看到一大船木兰花运去。闻小五哥说，花盛开时全码头边都是花筐，等待运输，船来时争取时间以分秒计，来即过船，十分热闹。现在已是淡季，每天不过若干船而已。庙门边卖花二分一扎，还用个小小稻心草笼笼装定，极其有趣。到虎丘高处四望，只见一片平芜，远近十里全是一簇簇花房，白墙黑瓦，南向部分则满是玻窗。目下各种花草还在秋阳下郁郁青青如图案，入冬即迁入花房过冬。花农收入极好，从万千座新房子就反映得十分清楚，从河街各种做生意铺子的情况也可明白。这完全是一种新景致，可惜永玉不来，来时必可用水彩或粉笔画收入画中。这是在一大片绿色平原上，加上各种黑白方块拼嵌入各处空间而成的。三个颜色的对照和完全和谐，真是一种稀有的奇迹！还有那条从太湖流出贯通绿原的河水，水中千百个风帆移动，真是奇迹！一切都好得很！天气又恰到好处，任何地方一点灰尘没有。小五哥说："三姐能来住一星期多好！"这个话，随后到留园看竹林子时又说起，第三次是在西园新修理的水池旁说的。

就修整艺术说，留园最有匠心。同是用石头隔成，留园用石不多，因此一切见得舒畅，花树虽不如狮子林，却比狮子林有气魄。窗格子、家具也比拙政园讲究。狮子林、拙政园、逸园各个厅室都放满了硬木家具，都是从近代新地主家弄来的，笨笨呆呆，和一般暴发户样子。并且到处有什么亭、轩雅名，一个二丈见方盒子式房子，只因为外边有一点竹子和梧桐，就名"凤栖碧梧之轩"。一个水塘塘养了三五只鸳鸯，就取名"三十六鸳鸯之馆"。总之雅得极其俗气，和《儒林外史》所讽的名士之流情形相差不多。门板上到处刻花鸟画，到处题诗，也不怎么高明。挂的字画屏条，都平平常常，只能满足作者本人，唬外人，可不能骗真正行家。好在行家也并不怎么多，所以还是好！留园各处匾额已失去，即未再补，家具也比较好，画也稍好，最好是一些玻璃宫灯，边上流苏穿浅绿淡蓝料珠作成，极其清雅。庭院中木石外总有点点空间，处理得有艺术。窗棂格子疏疏朗朗，不过于堆砌，视线开展不受石头限制。应当算是苏州目前较好的园子，空间多，新的中国花草可补进空隙，因此也是最有前途的花园。不幸是每到一处，还依旧有那个漆成绿色，又不得用又不好看的艺术设计垃圾箱，总在最当眼处出现。大致设计的还很满意自己的有创造性艺术，却不知那是最不艺

术的创作！一边是痰盂一边是垃圾箱，还编了号！西园大树
很好看，只不过气候还未到降霜时，因此枫木银杏叶子都还
绿油油的，红不过来。在虎丘河街上铺子里我们吃了中饭，
从留园入城时已断黑，因就观前一个什么经济食堂吃晚饭。
虽走了整整一天，行止支配得法，还不觉得怎么累。

　　你来信说的施蛰存处款，待我回来为处理。再有三天
我们将过上海，住处还未定。如有重要信，可寄上海作协
巴金收，我信附入内里，请他收下我去取。外不必写我姓
名。这信寄到北京时，我们可能已到上海了。这次所学对
编图谱极有用。对整个陈列和工艺史研究都得用。很多东
西还从未发现，即这里发现的人也还不明白它的重要性。
有些新出土的——如方格漆盒且完全如过去我所推测，证实
了有些陶器实为仿漆器而做。又有些新东西可以证历史文
献。又有些更为我们研究宋人绘画、服装等提供了崭新而
十分重要材料。还有一片稀见大锦缎。照初步估计，将来
恐还得用二月时间来照相，因为有二百三百器物恐非得照
相不可也。

　　这几天气候正是下半年最好的，我们走了不少的路，
也不觉得怎么热，更不感到累。我们明天还得看陈列，后天
看库房，大后天看刺绣织绒，若一切能照时间安排，礼拜一
大致即到上海了。苏州郊外比城中好。特别是虎丘的万千

花农经营的绿原和花房，照晒在明朗朗秋阳下，真是一种稀有的好看景象！听说各花作成的香精，出国也极得好评。一切还在发展中。虎丘山门山塘街到处有生熟菱角出卖，还和龙街子云南乡下人出售慈菇一样，是蹲在路旁放在竹篮中出售的。买东西的人也得蹲下挑选。河中船只多极。入城交通工具计四种：马车、三轮、人力车、船。马车最快，船最好玩，我们却乘三轮，为了到西园方便。

致张兆和

（1958年11月5日）

三三：

　　天气极好，草木虽摇落加剧，日日满地黄叶，可是空气润泽清明，景物萧疏，到处如画。住处在一小楼上，楼前有六扇大玻窗，窗外隔一路是个大操坪，早六点除有人上操外，还有各式广播，声音宏大如室中听收音机。这时正是下午四点半，阳光从一丛法国梧桐树影中滤过，从大玻窗照入，满室透明。大操坪远处，正有人在试车。年青人喊天喊地。对着我窗口附近，还另外有六七十个女中学生在上操，成排立定，到教练呼唤某一姓名时，即有一人走出作五十米低栏表演，在旁的即笑着助兴，一切正和三十年前中公你们上操时相差不多。（很奇怪，我总是这么孤独的在一旁看人上操！）

　　这里展出陈列室情形甚好。比苏州热闹，有三个房间，就在住处附近不多远，也是大操坪边上。来的人除生产有关方面，还有军人不少，为他们作说明，听来甚感兴趣。三个月来我没有离开陈列室过一天，今天却不能不在住处房中睡睡了。可能即因为几月中没有休息，吃的东西也不大顺，今日去校医处看看，才知道血压已上升到一定程度，又必需吃利血平了。医生说已到二百，我倒不甚觉得重，只是眼涩腰不受用，还以为累了一些所致。目下同时胃也出了点毛病，禁止吃茶，已吃药。不是溃疡，说是消化不良的痉挛痛。本来出外吃东西，因此一来，还是只好打扰学校送面来吃了。面还烂，只是略咸一些，胃我估计一二天就会好。至于血压，大致回来再斟酌，一作事，事一作久作多，必然要上升。不作事又不成。只希望事情简单一些，或者可以多作几年。如能作半天，也许有转机，全天怕已不大成，因业务外还有一些学习，一些别的会，体力恐已不易支持。这几月出外虽累极，由于工作比较单纯，还支付得过去，但到一定时候，还是不可免得躺下了。目前人并不怎么难过。

这里可以看隔天北京报。本市报地方新闻多。也有好些剧院，听说大会堂正在演无锡戏极好，没有时间去看。离住处约家中去"红星"远即有公共汽车。约半里远有一邮局，卖书处似不如东单邮局大，《人民文学》不曾见到。住处大操坪四周，有专校三四处，极少见到学生肘夹刊物的，可知文学气氛不厚。书报处人围着，多看画报。苏杭情形正相同。此后刊物可能将还要改成有些画才能引人兴趣。照一般水平说来，刊物还是深了些，和多数人要求不合。此后中学生将不会有过去那么多人读文学刊物的。

南京天气正好，平时中午还不必穿大衣，早晚穿夹大衣正合适。我还不曾上过热闹大街，也不曾去过夫子庙和中山陵，住处离玄武湖较近，去看过一次，很好。这里每早晚除了可听宏大声音广播，还可听到几次军号声，这是北京不易听到的。一听到军号声，极易引起一种少年时痛苦生活回想，一种四十年前穷病景象的回复，对目前存在不免感到惊奇。我想一礼拜后回来。如不过上海，大致可以成行。回来后希望能休息休息。

孩子们想必忙得极兴奋。

二哥

五日

给别人的信中也都是你

复王际真①

（1930年3月27日 吴淞）

际真：

正难得信封②，信封来了。前有两次皆是用旧的地址封套，不知美国邮局怎么样，是不是收得到。

这里今天落雨，闷人。

昨晚上看了一本翻译小说，名《贵族之家》③，心中觉得自己像是做错了点什么事，似乎文章得重新来起始动手了。我照例每看一本书总得一个感动，同得到你信一样，你信是鼓励我向上，看书是反激我向上。看到别人的好处，自己感到做人的软弱了。

寄来的有个单个儿的顶有趣味，我不得你许可，就寄到我哥哥处去了。我哥哥就专欢喜一些相片，他甚至于把我顶

---

① 王际真：美籍华裔翻译家，中国文学经典英译的先行者。
② 信封：作者不会写英文，得王际真写好信封从美国寄给作者。
③ 《贵族之家》：俄国作家屠格涅夫创作的一部长篇小说。

小时候的片子也好好保存到手上，这个可怜的人，见了他做的事使人生气又伤心。他那良善是我最愿意同朋友提到的，一个十足的东方民族，最地道的善人。

我告你，说转家乡过北京，都是空的，按照我的惰性，我一定还得留在上海许多时候。我是最软弱不过的，除了做文章养成仿佛强硬的个性以外，其余都是软巴巴的。譬如到这里，本来好像也不会为这地方的女人难过，但居然就难过①了，但又明知道不值得难过，但总忘不了这难过。好像吃亏了（根本是一个女人纵平时不缺少聪明，但她那聪明并不是为了解男子而预备的），受了羞辱，一点儿自尊心情毁了，这作先生的课也不愿意上，关到房门伤心，想到一些处置这未来的自己。明明白白的是把事情辞去，跑到上海，那么至少在逃遁的勇敢情形中，也可以使女人难过一阵。不过我是无用的，我糟糕得很，居然用"到将来你会懂我"那种妥协，把自己从苦闷里拉出，仍然留到这里而且仍然上课了，这些事上我感到我无力振作的伤心。我就是尽这惰性在生活中滋长，常常而且永远把自己位置到最失败的地位上去。一个懂女人的人，是永远不会爱女人的，我现在就好像只有拿这个话来作慰藉。痛恨自己，不惜最残酷的刻薄自己，打了

① 难过：指作者对张兆和的单恋，得不到对方的理解。张兆和是当时中国公学文史系二年级女生，正选修作者的课程。

无数东西，见了女人什么也无可说，到失败中总还只去各种事上发现原谅女人的理由，这"懂事"，也只证明自己转向衰老一面的自觉罢了。想到这些事情时，便是想到回转家乡做隐士的时候。其实，以我这种糟糕性情，一定还得受一点苦，一定还有些排列在眼前的灾难，我将在这些灾难的某一个上死去，因为我缺少抵制这些力量。

有时，似乎又平静了，得到这样时节就想到要做人，要劝际真也来做人，不许胡涂，不许卑视自己同忽视自己，要忍受，凭借一点近于由宗教而来的力，把生活好好安排起来，就做它一些日子的工。在这样时节是不想到女人方面所能给的好处的，仿佛就伟大了点，冷了一点，理智了一点。这样可以维持一个礼拜。到后，又自然为一件小事把自己放到危险上去，这样反来复去成了今天的我。因为怕太影响了年轻人，所以才把九妹①送到上海去的，可是这孩子已经因为过去生活，养成一个最劣最强的脾气了，脑子里转旋的一切，完全不合宜于年岁。所想到的所意识到的人生，一些地方过于发达，一些地方又十分胡涂，若果是有方便，有一种巧遇，我真愿意她到法国或美国去，学一些读书以外的技能，学跳舞或别的东西，我为她在中国每年寄一千把块钱，

① 九妹：作者的妹妹沈岳萌。

尽一个新的地方造一个新的命运。她现在上海一个法国人处学英语同法语会话，这是前年就学了的，可是换一个地方，换一个教员，又是重新起始，真像是特意为那些教员而读书的样子。我一面想到自己真料不到还欢喜活多久日子，一面又为她将来担心，就感到烦恼，真不知什么方法是最好方法了。

在这里教书是一上讲堂就生气，因为那些学生的年青健康，全像在一种威胁下而存在。但一告到他们，若是要写文章，得做点蠢功夫，多读点，多注意一点，甚至于多胡闹一点，可是说来说去还是茫然。一些人都以为写点文章真有福气，真可敬重。那些尊敬使我伤了心，因为我并不需要那个，但我要他们明白我是他们一样的人，要他们爱我或恨我如同学，可做不到。这正像你说罗胖子对你客气一样，只多一种生气机会。

我明天将到上海去看看有什么好书没有。我们还是来管束一下自己吧，不许毁坏自己了，要收拾起来，要在瓶子里装上一点有砒性兴奋的酒，好像"自大"一点，做一些事情。我写文章，不怕坏也写下去。你好好的做点事，少吃点酒，就用"这是从文希望的"一点点薄薄力量，帮助到自己，信不信我的话？

我是从你，从另外几个人，常常得到一个勇气，在跌

下以后又重新爬起的，我将让工作扼死自己，毫不为健康
吝惜。

从文

三月廿七

美真①附好

---

① 美真：作者妹妹沈岳萌的别名。

致王华莲①

（1930年7月1日　吴淞）

Lo To②：

　　我想问你一件事情，在过去，B.C.③同你说过什么话没有？

　　她告诉你她同谁好过没有？

　　她告诉你或同你谈到关于谁爱她的事没有？

　　因为我信托你对于朋友的忠实，所以谁也不知道的事，我拿来同你谈及。

　　问你这事的理由是我爱她，并且因为这事，我要离开此地了。

　　我本来不必让我以外还有谁知道这件事，不过这事如今

① 此信抄录在张兆和1930年7月4日的日记中，原件已失。据张兆和日记抄件编入。王华莲，当时中国公学的女生，张兆和的好友。

② Lo To：张兆和日记中王华莲的代号。

③ B.C.：张兆和日记中张兆和的代号。

已为胡先生知道了，或者你还先知道，并且我以为你也有知道的理由，所以我来同你说及。

因为我非常信托你，我想从你方面明白一点关于她的事情。我打量这事情只有你一人知道，不能尽其他人明白。

我因为爱她，恐怕在此还反而使她难过，也不愿使她负何等义务，故我已决定走了。不过我愿意知道她的意见而走。我并不迫她要她爱我，但我想她处置这事稍好一点，是告我一点她的意见。

昨天到W①先生家中去，说到要走的事情，问了许久，为什么要走，我还总是说为刻苦自己，没有提到是女人的事，我想你们中也总不会知道，但到后是把要走的理由说及胡先生知道了。因为我自己感觉到生活的无用可怜，不配爱这样完全的人，我要把我放在一种新生活上苦几年，若苦得有成绩，我或者可以使她爱我，若我更无用，则因为自卑缘故，也不至于再去追求这不可及的梦了。这个话是我另外也告诉B.C.了的。但胡先生知道这事以后，他要我莫走，要我好好的来在这里。他以为若果是她家庭有困难，他会去解决。他将为我在这事上帮忙，做一切可做的事。我现在要从你方面明白的就是她自己，若果她同你谈到这个（我疑心她要同你

---

① W：张兆和日记中胡适的代号。

谈过），我想从你方面知道一二。

因为爱她，我这半年来把生活全毁了，一件事不能作。我只打算走到远处去，一面是她可以安静读书，一面是我免得苦恼。我还想当真去打一仗死了，省得把纠葛永远不清。不过这近于小孩子的想象，现在是不会再做去的。现在我要等候两年，尽我的人事。我因为明白你是最可信托的朋友，所以这件事即或先不知道，这时来知道也非常好。我已告诉B.C.因为恐怕使她难过，不写信给她了。可是若果她能有机会把她意思弄明白一点，不要我爱她，就告诉我，要我爱她，也告诉我，使我好决定"在此"或"他去"。我想这事是应当如此处置好一点的。

胡先生是答应过我，若是只不过家庭方面的困难，他会为我出面解决一切的。事情由他来帮忙，难题很少也是自然的了。在我没有知道B.C.对我感想以前，我决不要胡先生去帮忙，所以我先要你帮忙，使我知道一点B.C.对于这事的处置方法。

致程朱溪

（1932年秋 青岛）

朱溪：

　　真难受，那个拉琴的女子，还占据到我的生活上，什么事也作不了。一个光明的印象，照耀到记忆里时，使人目眩心烦，我不明白我应当如何来保护自己，才可以方便一点。

　　许多传奇故事，都有一章凑巧的遇合，我自己的传奇，这一次凑巧，可使我太受罪了。我说我悔那一次去那地方，也仍然是空事情，因为即或悔也无用处。

　　你去信给你的朋友时，你告她说另外也有一个人盼望到她来，用得是另外一种心情，愿意今天十八，明天就初十。日子不可贵，在我是初次才感到的。这事仿佛只有她来才有一点希望，也许我等不下去，真要走了，我成天想走，因为有些东西使我血发热，觉得不能这样从容过日子。

　　让我们留下一个年青人的笑话，到老年时节来作为娱乐，我告你，见了那个女人，我就只想用口去贴到她所践踏的土地，或者这是一个不值得如此倾心的人，不过我自己，这时却更无价值可言，因为我只觉得别人存在，把自己全忘掉了。

朱溪，我想倒真是我回上海去好一点。我害怕我自己会作出很愚蠢的事情来，我信托你，我希望你不要同任何一人去说（除了你太太），免使我更加难过，我若在这里候着，每一个日子都有一分重量，压到心上，只想"写"些什么才行。这样一来只会把事情找出一个可笑的结局，我不能在人面前扮一次小丑，是你看得明白的。我愿意我的头脑能够安静一点，做一点事情，但是，热情常常在想象里滋育长大，我将为这个更其胡涂了。

你说，怎么办？你说。

甲辰

十八日

致胡适

（1933年5月4日 青岛）

适之先生：

　　大雨回青岛时，谈到您要我作个《阿丽思中国游记》的提要，这书印时校得太疏忽了些，有很多地方读不下去，若果书须寄过外国，我想最好还是把我这边两本校正过的寄去，似乎像样子些。虽篇章之间，涂得很乱，但既为作者亲自校正的，想来并不碍事。请您告我一声，看是不是寄改正的较好。若不必寄改正的，我就不再寄那两本书来。

　　多久不给您写信，好像有些不好意思似的，因为我已经订了婚。人就是在中公读书那个张家女孩子①，近来也在这边作点小事，两人每次谈到过去一些日子的事情时，总觉得应当感谢的是适之先生："若不是那么一个校长，怎么会请到一个那么蹩脚的先生？"在这里生活倒很好，八月七月也许

---

① 张家女孩子：指张兆和。当时她在青岛大学图书馆任西文图书编目工作。

还得过北平，因为在这边学校教书，读书太少，我总觉得十分惭愧，恐怕对不起学生。只希望简简单单过一阵日子，好好的来读一些书。书读得好一点，再教书也像样一点。不过北京若不能住下去，那就又只好过上海打发日子去了。我们希望的是北京不会打仗，能够蹲得住。

从文　敬上

五月四日

致沈云麓

（1933年8月24日 北平）

大大：

寄来的信，信中的喜帖，照日子看来，也许当在九号可以寄到。今天去九号只半个月，一晃眼也就快要到了。这边只预备请五十个客，在这数目内，请某人不请某人，真是一个费神研究的问题。本来还只想请客廿人，因为实在不便在这种数目请谁，不请谁，故只好多请了些。我们希望在这一天城中家里也有两桌客，一桌老亲，一桌朋友。

张家到如今还无人来主持一切，故这边事皆两人自己互相商量来办，木器、碗盏，皆仿古式样，堂屋中除吃饭用小小花梨木方桌外，只是四张有八条腿的凳子，及一个长条子案桌，一个茶几（皆红木与花梨木）。房中只一床，一红木写字台，一茶几，一小朱红漆书架。客厅器具还不曾弄来，大致为沙发一套，一茶凳，一琴条，一花架，一小橱柜。书房同客厅相接，预备定制一列绕屋书架，一客床，两个小靠椅，一写字台。木器我们总尽可能用硬木，好看些也经用些。全屋有电灯约十二处，光皆极好，厨房虽小，也还干净。大门有一屏风，院子中有一大槐树，一大枣树，院子虽小，因为还系长形，散步尚好。又有一更小院子，可晾衣裳。堂屋隔扇与客厅隔扇，皆如北方一般房子雕花，我们用黄布糊裱，房子纸张则正屋用白色，客厅书房用焦黄色（即包皮纸背面糊成）。

我们最怕送礼，怕吃酒，怕闹，故到了九号，也许先在西山旅馆定下一房间，到时看看有朋友醉酒挟持，要过新家中去玩，我们就设法跑开逃到西山去住一晚。张府长辈虽不来北平，兆和之姐姐妹妹则皆在此，妹妹已同我们住在一处，姐姐则系特意从上海来北平，代我们处置一切诸事，完毕后又得回上海去的。兆和新近出嫁之二姐，则已过日本读书，不能来北平参加热闹了。

我因为初初搬家，处置一切，极其忙碌。我们两人到今天还不曾缝一新衣，必等其大姐来安排。结婚以后兆和每日可过北大上课，我则每日当过杨家编书①。这编书工作，报酬每月虽只一百五十元，较之此时去作任何事收入皆少，但

① 杨振声于1933年夏辞去青岛大学校长职，受教育部委托，主持编中小学教科书。应邀参加此项工作的，除辞去青岛大学教职的作者外，还有辞去清华大学中文系主任职的朱自清等。当时以杨振声住处为办事处。

所编之书，将来版权则为私有，将来收入，必有可观。并且每日工作，时间不多，欲作文章，尚有余暇，故较之在青岛尚好。近来此后天津《大公报》即邀弟为编副刊，因条件不合，尚未谈妥。若将来弄得成功，人必忙些，也更有趣些。近年来也真稀奇，只想作事，成天作事也从不厌倦，每天饮食极多，人极精神，无事不作，同时也无一事缺少兴味，真所谓人逢喜事精神爽耶?

兆和人极好，待人接物使朋友得良好印象，又能读书，又知俭朴，故我觉得非常幸福。她的妹妹同九九极好，那妹妹也很美、很聪明，来北平将入一大学念书。

九九将过天津念书，或在我结婚以后方去。过两天我们照新相来，把新屋一切照来。

愿妈快乐。

二弟 从文 上

八月廿四

从夏云转来信已收到。

兆和岳萌附笔

致沈云麓

（1933年9月17日 北平）

大大：

又有日子不得来信了，真很挂念你们。这里婚事已告结束，请客约六十人，还算热闹。亲戚中村生自厦门来，真一自张家口来，玉姐夫妇自天津来，张家大姐自海门来，真所谓十分凑巧。新娘子仪表服饰皆使客人快乐，款待客人亦尚称周到。这次事情前后约用去钱一千二百元，我只有四百薪水，其余皆兆和带来并收礼所得。家中一切安排尚不俗气，惟地方稍偏，将来若可搬家，当想法搬一住处。

弟事日来稍忙，故一切皆得其大姐为之调度。弟此后恐亦不能得有多少闲暇日子念书，因编书事既已无多暇裕，新副刊且得各处催稿，不久或当将此事辞去，亦未可知也。萌弟过天津念书，明日即将动身，若彼一走后，家中即只有弟同兆和两人及一娘姨一厨子，其清静可知。

北平一切平安，可勿念及。本城不卜近日来情形如何，据报纸所载则似乎大不安定，惟不知近日好些否？熊躲妹云不日将返湘一行，至沅州后或当来本城过些日子，彼云若来镇算当过我们家中同妈住一月，九托其带回菠萝数筒，或可送到也。

二弟

九月十七

致沈云麓

（1933年10月4日 北平）

大大：

从田个石①处转来了两个信，想皆可以收到。家中屋里可用的东西，过不久当过市场去选些寄来，铜兽环必照所需购来，北平此物甚多，或另请一专家画一图样，照式制作，亦殊易易也。其余如扣门之钮锁、纱窗，亦可一一买来寄上。兆和明白家中所需要者为何物，彼一有暇，即可上街添购邮寄来。

此间一切安善，可勿念，事因稍忙，客人又太多，显得匆匆促促，但精神尚能应付，不至吃亏。中秋节前三日为兆和生日，有客二三人。中秋日我们可至开明戏院②看杨小楼之戏，请客者为兆和之三叔，一退伍军官（彼尚有一叔在中央作骑兵旅长，则尚不见面。闻军事学极佳，系保定出身）。

---

① 田个石：作者高小时期的国文老师，名田名瑜，字个石，湖南凤凰人。
② 开明戏院：1912年始建于北京珠市口，2000年被拆。

家中厨子尚好，事情亦尚有条理，不至如从前一塌糊涂。家中极窄，然院落、客厅、书房、卧室、堂屋、皆具规模，两人住下实非常合用。惟地方太窄，将来到冬天时，欲安炉子，不知如何安置耳。

我们报上副刊已出，不知见及否。若不定《大公报》，当将此间所定之报，按日寄来。此间又定一《晨报》，若要亦可寄来，惟由家中付邮，则到地必稍慢，亦不可免之事。

北平气候甚好，尚不刮风，晴和朗畅，十分美丽。今年天津甚热，近日来尚可穿纱衣，亦异事也。上海今年亦大热，不知本城如何。

家中有十二盏电灯，皆装得很好。椅子式样极美，若可照相当为照一式样来仿作。上面黄杨不值钱，阴沉不值钱，作来当极好也。

兆和人极识大体，故家中空气极好，妈若见及弟等情形，必常作大笑不止，因弟自近年来处处皆显得如十三四岁时活跳，家中连唱带做，无事不快乐异常，诚意料不到之情形也。张家亲戚皆甚好，惟岳丈因后母不甚与诸女相叶，致稍疏远，然兄弟姐妹则殊友好亲密也。其大姐来此已一月，照料家事，处处十分合理，故弟不管家中诸事，诸事皆可安排得极有秩序。弟惟作事作文，时间亦太从容矣。

六弟若可来北平，当来此一视，必可得一极好印象而归。

专颂近好。

二弟 从文 上

十月四日

个石、子踔先生均请叱名致安

致胡适

（1934年11月22日 北平）

适之先生：

　　用过的信札送还。快圣同志会一文也送还。（这文章因排不下不排出。）我文章错字极多，您那跋尾忽然高起一行，诗又排得不成个样子，全是太匆忙了些，不及校正的原因。寿生先生文章送还一篇，另一篇这里本可以用，只是这个月《文艺》恐排不出，故转给了《国闻周报》，大致下一期当可排出。

　　兆和已于廿日上午四时零五分得了一个男孩子，住妇婴医院中，母子均平安无恙，足释系念。小母亲一切满不在乎，当天尚能各处走动。到了医院方知道女学生作运动员的好处，平时能跳跳蹦蹦，到生产时可太轻便了。家中一个老用人，兆和小时即为她照料长大，现在听说兆和又得生小孩了，因此特从合肥赶来，预备又来照料"小姐"的"少爷"。见小孩子落了地，一切平安，特别高兴，悄悄要大司

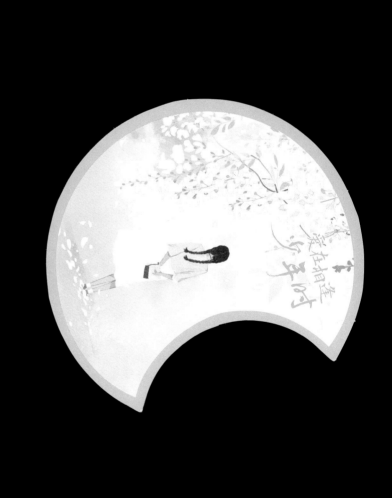

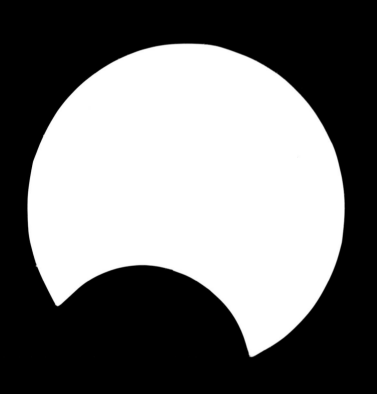

务买了朱红，且说"得送红蛋！"。为了让这个老保姆快乐一些，所以当真就买了些蛋送人。

敬颂安吉。

胡太太均好。

从文 敬启

十一月廿二

致张元和

（1937年10月7日 武昌）

大姊：

今天同小五哥①谈及合肥离这里远近，才明白从合肥到这里，只须坐四五个钟头车，一天半船，只要一块多钱车钱，七八块钱船钱，还坐的是二等舱！听说车船都十分便利，所以极希望你们来玩玩，喜欢住多久就住多久。不要因为武汉被炸就不敢来，被炸地点远离卅里，不会到头上来的。

三姊新近有信来，在王府中过了一个中秋，即迁回北骆驼湾。本有人邀其动身南行，只因担心孩子受苦，且舍不得我给她那一包信，是说笑托辞，带上路太麻烦，搁下又怕遗失，所以说且慢走，稍等等看。我已去信告彼，不妨把那几百封信存银行保管库，每月花一二元租钱即成，带孩子上路。正因为如今上路，危险倒少，不过麻烦罢了。只要孩子

---

① 小五哥：张寰和，张兆和的五弟。

好好照料，莫出毛病，到了南京后，想过合肥也成，想来武汉也成，看她意思而定。我希望她可下一决心，弃去所有家具书物上路。东西太多也是一累，因为这两年来我又添了不少东西，想卖卖不去，想带走又带不走，米也许就买不少，一定觉得十分可惜也。我告她说你有信来，可为她拨一笔钱。那钱大约可从北平另一处拿到，希望她要走就趁早。

来信说："小龙朱极乖，一天笑嘻嘻的玩。小虎雏胖而白，脾气特别好，吃了即睡，醒时即躺在床上笑，从不搅扰人。"大约行住她都无所谓，只是听说路上种种，怕孩子吃亏，所以不愿即此动身耳。

我们在此很好，每早六点我就起床唤小五哥起来，每天买菜记账管佣人也由我包办，我倒想不出自己有这么多本领。山上花正开，气候又好，大家精神很好，可放心。

从文　顿首

十月七日

致沈龙朱[①]

（1938年8月14日 昆明）

八月十四

小龙儿：

你怎么还不来？我很想念你们。很希望姆妈早些日子带你和小弟弟上路。这里石榴如碗大，不来吃，岂不可惜？黄色桃子也如碗大，快要完了。枣子初上市，和三婆家院子里枣树结的枣子一样甜。你小房已收拾好了，只待买小蚊帐。

你姆妈七月卅一来信，还问我事情，等回信，我真不大高兴，不再回她信。姆妈说想不带小虎儿来，留他给八姨看顾，问我意思。我意思大家早来些好，再莫这样挨下去。她若舍得小虎，留在协和寄养，好吃牛奶让他更胖些，未尝不好。小弟弟这时正需要一个不病不疼能吃能睡的环境。姆妈认为留下好，我没什么不同意。不过姆妈若认为一到这里又得跑，方怕带小弟上路，完全是胡涂打算。不知从谁听来的

———————

① 沈龙朱：作者长子。当时沈龙朱还没有读信能力，故这封信事实上是写给张兆和的。

荒诞传说。这里不好，还有什么地方更好？带小弟弟上路并不怎么麻烦，到了这里好得多。这里东西贱，过日子容易，气候长如春天，对小孩子极相宜。像你和小弟弟一样人乖得可爱，为家中宝贝的孩子，不到三万也有两万。我希望你姆妈体谅我一些，不要再为什么事等我回信。且希望带你和小弟弟来，不要怕这样那样。

我很不必再有什么回信了。东东西西随便处置都成。《小砦》稿（《国周》①登出改过的）想法找出寄出。这里只收到一目录。你们要用的文件都放在寅和二舅处，是有时间性的。另外还有信在那里。我已说过无数次，挨下去，越迟越不经济。一等就是多个月，时间实在不许我们如此从容不迫！早来些你可进幼稚园，对你好，对我也叨一点光，可以少着点急，少写点信，少生点气，少流点鼻血。姆妈凭经验应当想象得出我作事情形。为了担心你们路费不够，默默的坐在桌子边做事，工作过度鼻子出了血，一面塞住鼻子，一面继续做事的情形。鼻子一破得不到棉花，就撕手巾作条子代替。别人看来也难受不忍，姆妈若反而"眼不见心不烦"，不以为意，从人情上说也不大好。我信上不愿意提这些事，可是姆妈既多虑，应当想得到！

姆妈说"什么都不知道"，却偏偏知道些荒唐无稽的

———————

① 《国周》：《国闻周报》。

谣言，以为来这里不久又要走路。说"凡事听你的意见"，我说上千次（整大半年）早来经济些，早来我方能做事，这意见就总不相信。真正相信的说不定还是朱干求神问卜，签上要九月南行，必照签上行事。活人的事还得听瞎子土偶来决定。所以我纵不生她的气，可是为自己却非常痛苦。她说"凡事太过虑"，恰好就不虑到我再三用各种方法要你们来的问题，只把我的信当成照例的信，同许多年前一样，那里是"过虑"？应当名为"少虑"！这种少虑挨日子的结果，除多花钱外别无意义。迟这一月即已经要多花两三百。把上路的事当成十八岁女孩子对于婚姻的游移态度，姆妈的办法使人不大明白用意何在。难道一定还等到九月海上有风时再走？难道不走反而觉得好些？我给她写了两整天信，换了十四张纸，真不知要如何写下去好。人难受极了。你们不来明明白白我就得等待着，什么事都做不好，为什么还要等我回信，多挨它一个月？

她不愿来，我盼望她托个人让你来。你来这里我使你上学校，同好些小朋友玩。还可带你出城看大黄牛，看马，骑马，骑牛。我欢喜你，想念你。你是我的好孩子。

为我亲亲弟弟黑头发。我也欢喜他。

爸爸字

八月十四

复彭子冈

（1946年12月27日 北平）

子冈兄：

得你信，头一个称呼得取销。我倒正想用徐盈作老师，从他一切观点上来取得一点做人、应世、看社会、测未来的真正知识，好来着手用用这一支笔，切切实实作点事！这并非客气话，也不是笑话，因为我历来就是他的好读者，从他通信①中学了不少的。我历来就是那么学，有点儿专家迷。要想明白重庆八年妇女界种种，跟你可学的也就极多！我还引为恨事，即答应过和你弟弟②及其他小朋友谈谈，这谈谈我想想他们从我得不到什么，我却可从他们得到很多的。因为我需要知道些事情。

我那《捉鬼》是二十年前写的，至少也十七年了，不能

----

① 通信：指徐盈在《大公报》上发表的一系列专题通讯。

② 你弟弟：指收信人弟弟彭华。作者1946年8月结识彭子冈夫妇时，彭华为北平军事调处执行部中共方面干部。通信时军事调处已结束，中共方面人员已撤回解放区。

提！还是写你那个好，我觉得你还值得写长篇，用五万字，这个数量在当前容易消化，书店容易印，读者容易买。倘若我们还相信用文字保留下来的玩意儿，在另外一时一地，还能给另外一种人生命一点教育，而教育的意义，又即如此如彼，为什么不把自己所信加以推广扩大，且想方设法使工作有力、准确而能普遍？这是你能作的，也应当作的。即为保留一时代一些人的纪录：由挣扎而僵固牺牲了，或灰心，退下来了，或根本无所谓，活下去，或矛盾十分，如许多知识分子，或如彼，或如此，甚至于如你那么看到我买了几个小盘子，也十分关心，深怕我只玩盘子不作别的事。你这个好意我明白的！可决想不到一个人二十年思索"人"，脑子是种什么现象。你似乎得多写一点，也才会淘深你对于人的认识。人不是表面生活那么简单，但有时又可能比所写出来的还单纯。照我经验却觉得写可以加深明白人生。

你们两位从第一次来找我，总是匆匆忙忙如行将充军的神气，让我们找个时间，来和你好好谈一谈吧。这里除了那几位中年的同事以外，还有好一群十七八到廿七八的朋友（恰恰和史靖先生在《文汇报》说的情形相反），要听听徐盈谈谈写通讯，学习如何写，我相信徐盈和你都能教育他们，比张东荪或梁漱溟有益得多的。而做人方面他们更能学你们，可无从学史良或罗隆基！徐盈若明白多一点，他的通讯中一定有更多的篇章，来和读者对面了。也会有更多的细心，来教育他们!

　　谢谢你对我那位太太的好意。我想下个月她来时，一定会和你能谈得来。她和丁玲就一见如故。她是个相当家常可又一脑子理想的人物，样子比文坛消息上传说得坏一点，头脑却比传说更稍好一点。学什么都快，糟的是嫁给我那么一个生命永远不成熟的人，因此除在家事中被称为好妻子，别方面发展都滞住了。即手中一支笔，也像是照俗话说的"一山不能藏二虎"，搁下了。你们听说我每天写一二信给太太，太太也来信，以为有趣，也有点好笑。可是那一年若发表出来时，却一定出人意外，因为内容完全不是诗，是大堆讨论，就像给朋友信一样，谈的是"问题"。我们的家完全和你说的沈三白相反，我们商量的全是廿岁头脑所旋转的，比你那位老弟还幼稚得多!

　　盈兄并候

　　　　　　　　　　　　　　　　　　　　　　　从文

　　　　　　　　　　　　　　　　　　　　十二月廿七

致沈虎雏

（1962年7月29日 大连）

小弟：

我到了这里已半个月。妈妈不来还是对的。把工作作好为先。不过你们应当注意一下她的身体，最好强迫每天吃个鸡蛋，莫尽拉平，一定搞平均主义。药也应当吃。这些事之佩一说，她将不好意思不照办。她体力并不怎么好，如可能，还是促到或陪到医院去查查。再瘦下来，有一天会真正垮下来的（事实上是在垮的）。卅年来为你们尽心极多，工作又总是一天到夜不息，唯一快乐是看你们长大成人，为国家多作点事，待人、对事，到处能起好作用。听说你被迫报考夜校作什么插班生，我极高兴，妈妈也高兴。朋友或同伴，总是应当相互帮助提高，不断克服弱点，去掉小气，见贤思齐。科技过关虽不是少数人努力办得到，但是事实上却必须你们这一代扎实努力，永远不满足于已得成就，好好利用十分宝贵业余时间，立一点大志，把近代有关知识多学一点，才能够配合整个发展，把本部工作提高。应当有向华罗庚、钱三强、钱学森等看齐勇气和雄心，用十年毅力来证实它。不仅自己如此，还得学习把同组的每一同志也鼓动起来，进行十年基本功的行动，才像个样子。国家困难还多，目下主要是面临几亿人吃喝穿住问题。有的地方穿得满清爽了，如青岛工人，有的地方住得太好了，如大连，可是吃的问题还是相当难。到处有成千四五岁大到十来岁孩子在马路上玩，长大时教育和工作的安排，已够费负责的心，而面临现实还有个吃的问题。任何生产增加数字，都不容易赶上小孩子的生产数量。这里约百廿万人，闻小孩待升学的就是十多万。上街人多半是四十以下廿卅岁的。鱼产大致是首一位生产，其余多是不能充饥的。许多当街门面都改成了机关宿舍，过去大致都是商店。百货公司相当大，东西也还多（品种不多），一天人来往看看的比买东西的人多。到处是年青力壮的人，总不外机关工作和大生产机构产业工人，也有不少学生，只是能直接生产吃喝的大致不多。到我们能把工业品去别的国家换取大量轻工业原料时，情形会不同多了。照目下趋势看，这个都市增产最快的可能还是小孩子！可又不能输出。天气好也有关系。我们还不曾参观学校和工厂，因为天雨，各自在小房中成隐士了，住处还好。每天可吃好鱼。气候稍湿，大家多不甚习惯，希望到八月初可以转好些，也可到各处看看。住处离海相当远，虽说是到海边来休养，事实上我们还只看过一次海，不比住青岛，整天在海边荡。我头不怎么重，心脏还是间或抽痛，比在北京已轻松得多。晚上一般得在十二点才能睡，吃药也无灵。半夜醒来照例心有些痛，不怎么厉害。醒定后就能适应了。听人说这里船码头特别好，我们尚未见到。住处离"老虎滩"海边倒只三站电车路，但是那个滩当落潮时船只多搁在烂泥里，怪不好看。参观的人也不多。我们住区是似乎是"新区"，日本人当时辟来吸引下野军阀和其他逃亡官僚、地主资本家的，不如青岛海边明朗开阔。树木也不好看。部分或属军事机关，部分属疗养所，部分属平民住宅，一混淆，自然就失去疗养所应有的一切了。每次出门到电车道边时，必可看到上百小孩子赤足赤身在街中或桥上玩，老太太也有坐在大路上的。和我们住处不免形成尖锐对照，多少有些不安。住处从窗口望出去，一个小坡坡，和我卅年前住青岛宿舍差不多，那时到十一点即等着妈妈来，妈妈在图书馆工作，比你们这时还年青。在青岛几年和回到北京三年，是我一生工作力量最强、效率最高五年，作了许多文章，也帮人作了许多事。现在来到这里，才像是又温习到那种过去。如心脏不出事故，头脑好像还可做许多工作的，但是有时头脑一沉重，就不大抵事了。看到新闻电影片说匈牙利有个工程师能作一种用水力冲压的水泵，能把水激升到十公尺，内容似乎并不太复杂，外面如一个圆圆的菌子，你们是不是也可以研究研究图来仿作仿作，如成功，每年将为国家省多少燃料和修理锅驼机费用。那电影片上还有图纸，你们内行应当一看即可明白。原理似乎相当简单，结构也不复杂。

你们的壁报应当办得能使得人人想看，看后又能从中得到一点真正的鼓舞和知识才好。这也得常动动脑筋，客观些来分析对象和已得成绩才成。多样化要紧，更要紧还是写得整整齐齐、清清楚楚。也无妨把各种刊物上好文章择引几段，加点介绍。也无妨把好讽刺画加以放大。总之一面谈思想业务，一面还得重视知识。文化知识能共同提高，应当是一件大事，关心国事还得使大家明白国家过科技关，就必须各方面业务水平得提高到一定程度上，及能相互配合共同前进！

并问候你的各位同事。

从文

七月廿九

托黄祺翔夫人带回个信，要朝慧去取取，他家住作协大房子后边大羊宜宾胡同（似三号），问问黄家必知道，因为房子大。去时还可问这边情形，朝慧叫一声黄伯母！

短暂的瞬间，
漫长的永远

三三

　　杨家碾坊在堡子外一里路的山嘴路旁。堡子位置在山湾
里，溪水沿了山脚流过去，平平的流，到山嘴折湾处忽然转
急，因此很早就有人利用它，在急流处筑了一座石头碾坊。
这碾坊，不知什么时候起，就叫杨家碾坊了。

　　从碾坊往上看，看到堡子里比屋连墙，嘉树成荫，正是
十分兴旺的样子。往下看，夹溪有无数山田，如堆积蒸糕，
因此种田人借用水力，用大竹扎了无数水车，用椿木做成横
轴同撑柱，圆圆的如一面锣，大小不等竖立在水边。这一群
水车，就同一群游手好闲人一样，成日成夜不知疲倦的咿咿
呀呀唱着意义含糊的歌。

　　一个堡子里只有这样一座碾坊，所以凡是堡子里碾米的
事都归这碾坊包办，成天有人轮流挑了仓谷来，把谷子倒进
石槽里去后，抽去水闸的板，枧槽里水冲动了下面的暗轮，
石磨盘带着动情的声音，即刻就转动起来了。于是主人一面
谈说一件事情，一面清理簸箩筛子，到后头上包了一块白
布，拿着个长把的扫帚，追逐着磨盘，跟着打圈儿，扫除溢

出槽外的谷米，再到后，谷子便成白米了。

到米碾好了，筛好了，把米糠挑走以后，主人全身是灰，常常如同一个滚入豆粉里的汤圆，然而这生活，是明明白白比堡子里许多人生活还从容，而为一堡子中人所羡慕的。

凡是到杨家碾坊碾过谷子的，都知道杨家三三。妈妈十年前嫁给守碾坊的杨，三三五岁，爸爸就丢下碾坊同母女，什么话也不说死去了。爸爸死去后，母亲作了碾坊的主人，三三还是活在碾坊里，吃米饭同青菜、小鱼、鸡蛋过日子，生活毫无什么不同处。三三先是眼见爸爸成天全身是糠灰，到后爸爸不见了，妈妈又成天全身是糠灰……于是三三在哭里笑里慢慢的长大了。

妈妈随着碾槽转，提着小小油瓶，为碾盘的木轴铁心上油，或者很兴奋的坐在屋角拉动架上的筛子时，三三总很安静的自己坐在另一角玩。热天坐到有风凉处吹风，用包谷杆子作小笼，冬天则伴同猫儿蹲在火桶里，剥灰煨栗子吃。或者有时候从碾米人手上得到一个芦管作成的唢呐，就学着打大傩的法师神气，屋前屋后吹着，半天还玩不厌倦。

这磨坊外屋上墙上爬满了青藤，绕屋全是葵花同枣树，疏疏树林里，常常有三三葱绿衣裳的飘忽。因为一个人在屋里玩厌了，就出来坐在废石槽上洒米头子给鸡吃，在这时，什么鸡欺侮了另一只鸡，三三就得赶逐那横蛮无理的鸡，直等到妈妈在屋后听到鸡声，代为讨情才止。

这磨坊上游有一潭，四面是大树覆荫，六月里阳光照不到水面。碾坊主人在这潭中养得有白鸭子，水里的鱼也比上下溪里特别多。照一切习惯，凡靠自己屋前的水，也算为自己财产的一份。水坝既然全为了碾坊而筑成的，一乡公约不许毒鱼下网，所以这小溪里鱼极多。遇不甚面熟的人来钓鱼，看潭边幽静，想蹲一会儿，三三见到了时，总向人说："不行，这鱼是我家潭里养的，你到下面去钓吧。"人若顽皮一点，听了这个话等于不听到，仍然拿着长长的杆子，搁到水面上去安闲的吸着烟管，望着这小姑娘发笑，使三三急了，三三便喊叫她的妈，高声的说："娘，娘，你瞧，有人不讲规矩钓我们的鱼，你来折断他的杆子，你快来！"娘自然是不会来干涉别人钓鱼的。

母亲就从没有照到女儿意思折断过谁的杆子，照例将说："三三，鱼多咧，让别人钓吧。鱼是会走路的，上面总爷家塘里的鱼，因为欢喜我们这里的水，都跑来了。"三三照例应当还记得夜间做梦，梦到大鱼从水里跃起来吃鸭子，听完这个话，也就没有什么可说了，只静静的看着，看这不讲规矩的人，钓了多少鱼去。她心里记着数目，回头还得告给妈妈。

有时因为鱼太大了一点，上了钓，拉得不合式，撇断了钓杆，三三可乐极了，仿佛娘不同自己一伙，鱼反而同自己是一伙了的神气，那时就应当轮到三三向钓鱼人咧着嘴发笑了。但三三却常常急忙跑回去，把这事告给母亲，母女两人同笑。

有时钓鱼的人是熟人，人家来钓鱼时，见到了三三，知道她的脾气，就照例不忘记问："三三，许我钓鱼吧？"三三便说："鱼是各处走动的，又不是我们养的，怎么不能钓？"

钓鱼的是熟人时，三三常常搬了小小木凳子，坐到旁边看鱼上钩，且告给这人，另一时谁个把钓杆撇断的故事。到后这熟人回磨坊时，把所得的大鱼分一些给三三家。三三看着母亲用刀破鱼，掏出白色的鱼脬来，就放在地下用脚去踹，发声如放一枚小爆仗，听来十分快乐。鱼洗好了，揉了些盐，三三就忙取麻线来把鱼穿好，挂到太阳下去晒。等待有客时，这些干鱼同辣子炒在一个碗里待客，母亲如想到折钓杆的话，将说："这是三三的鱼。"三三就笑，心想着："怎么不是三三的鱼？潭里鱼若不是我照管，早被看牛小孩捉完了。"

三三如一般小孩，换几回新衣，过几回节，看几回狮子龙灯，就长大了，熟人都说看到三三是在糠灰里长大的。一个堡子里的人，都愿意得到这糠灰里长大的女孩子作媳妇，因为人人都知道这媳妇的妆奁是一座石头作成的碾坊。照规矩，十五岁的三三，要招郎上门也应当是时候了。但妈妈有了一点私心，记得一次签上的话语，不大相信媒人的话语，所以这磨坊还是只有母女二人，一时节不曾有谁添入。

三三大了，还是同小孩子一样，一切得傍着妈妈。母女两人把饭吃过后，在流水里洗了脸，眺望行将下沉的太阳，一个日子就打发走了。有时听到堡子里的锣鼓声音，或是什么人接亲，或是什么人做斋事，"娘，带我去看"，又像是命令又像是请求的说着，若无什么别的理由推辞时，娘总得答应同去。去一会儿，或停顿在什么人家喝一杯蜜茶，荷包里塞满了榛子胡桃，预备回家时，有月亮天什么也不用，就可以走回家，遇到夜色晦黑，燃了一把油柴：毕毕剥剥的响着爆着，什么也不必害怕。若到总爷家寨子里去玩时，总爷家还有长工打了灯笼火把送客，一直送到碾坊外边。只有这类事是顶有趣味的事。在雨里打灯笼走夜路，三三不能常常得到这机会，却常常梦到一人那么拿着小小红纸灯笼，在溪旁走着，好像只有鱼知道这会事。

当真说来，三三的事，鱼知道的比母亲应当还多一点，也是当然的。三三在母亲身旁，说的是母亲全听得懂的话，那些凡是母亲不明白的，差不多都在溪边说的。溪边除了鸭子就只有那些水里的鱼，鸭子成天自己哈哈哈的叫个不休，那里还有耳朵听别人说话？

这个夏天，母女两人一吃了晚饭，不到日黄昏，总常常过堡子里一个人家去，陪一个行将远嫁的姑娘谈天，听一个从小寨来的人唱歌。有一天，照例又进堡子里去，却因为谈到绣花，使三三回碾坊来取样子，三三就一个人赶忙跑回碾坊来，快到屋边时，黄昏里望到溪边有两个人影子，有一个人到树下，拿着一枝杆子，好像要下钓的神气，三三心想这一定是来偷鱼的，照规矩喊着："不许钓鱼，这鱼是有主人的！"一面想走上前看是什么人。

就听到一个人说："谁说溪里的鱼也有主人？难道溪里活水也可养鱼吗？"

另一人又说："这是碾坊里小姑娘说着玩的。"

那先一个人就笑了。

旋即又听到第二个人说："三三，三三，你来，你鱼都捉完了！"

三三听到人家取笑她，声音好像是熟人，心里十分不平！就冲过去，预备看是谁在此撒野，以便回头告给母亲。走过去时，才知道那第二回说话的人是总爷家管事先生，另外同一个从不见面的年青男人，那男人手里拿的原来只是一个拐杖，不是什么钓杆。那管事先生是一个堡子里知名人物，他认得三三，三三也认识他，所以当三三走近身时，就取笑说：

"三三，怎么鱼是你家养的？你家养了多少鱼呀！"

三三见是总爷家管事先生，什么话也不说了，只低下头笑。头虽低低的，却望到那个好像从城里来的人白裤白鞋，且听到那个男子说："女孩很聪明，很美，长得不坏。"管事的又说："这是我堡里美人。"两人这样说着，那男子就笑了。

到这时，她猜到男子是对她望着发笑！三三心想："你笑我干吗？"又想："你城里人只怕狗，见了狗也害怕，还笑人，真亏你不羞。"她好像这句话已说出了口，为那人听到了，故打量跑去。管事先生知道她要害羞跑了，便说："三三，你别走，我们是来看你碾坊的。你娘呢？"

"到堡子里听小寨人唱歌去了，是不是？"

"是的。"

"你怎么不欢喜听那个？"

"你怎么知道我不欢喜？"

管事先生笑着说："因为看你一个人回来，还以为你是听厌了那歌，担心这潭里鱼被人偷尽，所以……"

三三同管事先生说着，慢慢的把头抬起，望到那生人的脸目了，白白的脸好像在什么地方看到过，就估计莫非这人是唱戏的小生，忘了搽去脸上的粉，所以那么白……那男子见到三三不再怕人了，就问三三：

"这是你的家里吗？"

三三说："怎么不是我家里？"

因为这答话很有趣味，那男子就说：

"你不怕水冲去吗？"

"嗨，"三三抿着小小的美丽嘴唇，狠狠的望了这陌生男子一眼，心里想，"狗来了，狗来了，你这人吓倒落到水里，水就会冲去你。"想着当真冲去的情形，一定很是好笑，就不理会这两个人笑着跑去了。

从碾坊取了花样子回向堡子走去的三三，在潭边再上游一点，望到那两个白色影子还在前面，不高兴又同这管事先生打麻烦，故跟到这两个人身后，慢慢的走着。听两个人说到城里什么人什么事情，听到说开河，听到说学务局要总爷办学校，因为这两人全都不知道有人在后面，所以自己觉得很有趣味。到后又听到管事先生提起碾坊，提起妈妈怎么人好，更极高兴。再到后，就听到那城里男人说：

"女孩子倒真俏皮，照你们乡下习惯，应当快放人了。"

那管事的先生笑着说："少爷欢喜，要总爷做红叶，可以去说说。不过这碾坊是应当由姑爷管业的。"

　　三三轻轻的呸了一口，停顿了一下，把两个指头紧紧的塞了耳朵。但仍然听到那两人的笑声，想知道那个由城里来好像唱小生的人还说些什么，故不久就仍然跟上前去了。

　　那小生说些什么可听不明白，就只听那个管事先生一人说话，那管事先生说："少爷做了碾坊主人，别的不说，成天可有新鲜鸡蛋吃，也是很值得的！"话一说完，两人又笑了。

　　三三这次可再不能跟上去了，就坐在溪边的石头上，脸上发着烧，十分生气。心里想："你要我嫁你，我偏不嫁你！我家里的鸡纵成天下二十个蛋，我也不会给你一个蛋吃。"坐了一会，凉凉的风吹脸上，水声淙淙使她记忆到先一时估计中那男子为狗吓倒跌在溪里的情形，可又快乐了，就望到溪里水深处，一人自言自语说："你怎么这样不中用，管事的救你，你可以喊他救你！"

　　到宋家时，正听宋家婶子说到一件已经说了一会儿的事情，只听宋家妇人说：

　　"……他们养病倒希奇，说是养病，日夜睡在廊下风里让风吹……脸儿白得如闺女，见了人就笑……谁说是总爷的亲戚，总爷见他那种恭敬样子，你还不见到。福音堂洋人还怕他，他要媳妇有多少！"

　　母亲就说："那么他养什么病？"

"谁知道是什么病？横顺成天吃那些甜甜的药，在床上躺着，到城里是享福，到乡里也是享福。老庚说，害第三等的病，又说是痨病，说也说不清楚。谁清楚城里人那些病名字。依我想，城里人欢喜害病，所以病的名字特别多，我们不能因害病耽搁事情，所以除打摆子就只发烧肚泻，别的名字的病，也就从不到乡下来了。"

另外一个妇人因为生过瘰疬①，不大悦服宋家妇人武断的话，就说："我不是城里人，可是也害城里人的病。"

"你舅妈是城里人！"

"舅妈管我什么事？"

"你文雅得像城里人，所以才生痒②子！"

这样说着，大家全笑了起来。

母女两人回去时，在路上三三问母亲："谁是白白脸庞的人？"母亲就照先前一时听人说过的话，告给三三，堡子里总爷家中，如何来了一位城里的病人，样子如何美，性情如何怪。一个乡下人，对于城中人隔膜的程度，在那些描写里是分明易见的，自然说得十分好笑。在平常某个时节，三三对于母亲在叙述中所加的批评与稍稍过分的形容，总觉

---

① 瘰疬（luǒ lì）：俗称"疬子颈""老鼠疮"。颈项结核累累如串珠的疾病。

② 痒（yáng）：疮。

得母亲说得极其俨然，十分有味，这时不知如何却不大相信这话了。

走了一会儿，三三忽问：

"娘，娘，你见到那个城里白脸人没有呢？"

妈妈说："我怎么见到他？我这几天又不到总爷家里去。"

三三心想："你不见到怎么说了那么半天。"

三三知道妈妈不见到的自己倒早见到了，把这件事秘密着，却十分高兴，以为只有自己明白这件事情，凡是说到城里人的都不甚可靠。

两人到潭边，三三又问：

"娘，你见到总爷家管事先生没有？"

若是娘说没有见过，反问她一句，那么，三三就预备把先前遇到总爷家那两个人的一切，都说给妈妈听了。但母亲这时正想到别一个问题，完全不关心到三三身上的事，所以三三把今天的事瞒着母亲，一个字不提。

第二天，三三的母亲到堡子里去，在总爷家门前，碰到那个从城里来的白脸客人，同总爷的管事先生。那管事先生告她，说他们昨天曾到碾坊前散步，见到三三，又告给母亲说，这客人是从城里来养病的客人。到后就又告给那客人，说这个人就是碾坊的主人杨伯妈。那人说，真很同三小姐相像。那人又说三三长得很好，很聪敏，做母亲的真福气。说了一阵话，把这老妇人说快乐了，在心中展开了一个幻象，想到自己觉得有些近于糊涂的事情，忙匆匆的回到碾坊去，望到三三痴笑。

三三不知母亲为什么今天特别乐，就问母亲到了些什么地方，遇着了谁。

母亲想应当怎么说才好，想了许久才说：

"三三，昨天你见到谁？"

三三说："我见到谁？"

娘就笑了："三三你记记，晚上天黑时，你不见到两个人吗？"

三三以为是娘知道一切了，就忙说："人是有两个的，一个是总爷家管事的先生，一个是生人……怎么……"

"不怎么。我告你，那个生人就是城里来的少爷，今天我见到他们，他们说已经同你认识了，所以我们说了许多话。那少爷像个姑娘样子。"母亲说到这里时，想起一件事情好笑。

三三以为妈妈是在笑她，偏过头去看土地上灶马，不理母亲。

母亲说："他们问我要鸡蛋，你下半天送二十个去，好不好？"

三三听到说鸡蛋，打量昨天两个男人说的笑话都为母亲知道了，心里很不高兴，说道："谁去送他们鸡蛋，娘，娘，我说……他们是坏人！"

母亲奇怪极了，问："怎么是坏人？"

三三红了脸不愿答应，母亲说：

"三三，你说什么事？"

迟了许久，三三才说："他们背地里要找总爷做媒，把我嫁给那个白脸人。"

母亲听到这话什么也不说，笑了好一阵。到后看到三三要跑了，才拉着三三说："小报应，管事先生他们说笑话，这也生气吗？谁敢欺侮你？总爷是一堡子的主人，他会为你骂他们！……"

说到后来三三也被说笑了。

她到后来就告给娘城里人如何怕狗的话，母亲听到不作声，好久以后，才说："三三，你真还像个小丫头，什么也不懂。"

第二天，妈妈要三三送鸡蛋到总爷家去，三三不说什么，只摇头，妈妈既然答了人家，就只好亲自送去。母亲走后，三三一个人在碾坊里玩，玩厌了又到潭边去看白鸭，看了一会鸭子，等候母亲还不回来，心想莫非管事先生同妈妈吵了架，或者天热到路上发了痧？……心里老不自在回到碾坊里去。

　　但是母亲可仍然回来了，回到碾坊一脸的笑，跨着脚如一个男子神气，坐到小凳上，告给三三如何见到那少爷，那少爷如何要她坐到那个用粗布做成的软椅子上去，摇着宕着像一个摇篮。又说到城里人说的三三如何不念书，城里女人是全念书。又说到……

　　三三正因为等了母亲大半天，十分不高兴，如今听母亲说到的话，莫名其妙，不愿意再听，所以不让母亲说完就走了。走到外边站在溪岸旁，望着清清的溪水，记起从前有人告诉她的话，说这水流下去，一直从山里流一百里，就流到城里了。她这时忖想……什么时候我一定也不让谁知道，就要流到城里去，一到城里就不回来了。但若果当真要流去时，她愿意那碾坊，那些鱼，那些鸭子，以及那一匹花猫，同她在一处流去。同时还有她很想母亲永远和她在一处，她才能够安安静静的睡觉。

　　母亲不见到三三了，站在碾坊门前喊着：

　　"三三，三三，天气热，你脸上晒出油了，不要远走，快回来！"

　　三三一面走回来一面就自己轻轻的说："三三不回来了！"

　　下午天气较热，倦人极了，躺到屋角竹凉床上的三三，耳中听着远处水车陆续的懒懒的声音，眯着眼睛觑母亲头上的髻子，仿佛一个瘦人的脸。越看越活，蒙蒙眬眬便睡着了。

她还似乎看到母亲包了白帕子，拿着扫帚追赶碾盘，绕屋打着圈儿，就听到有人在外面说话，提到她的名字。

只听人说："三三到什么地方去了，怎么不出来？"

她奇怪这声音很熟，又想不起是谁的声音，赶忙走出去，站在门边打望，才望到原来又是那个白脸的人，规规矩矩坐在那儿钓鱼，过细看了一下，却看到那个钓竿，是总爷家管事先生的烟杆。

拿一根烟杆钓鱼，倒是极新鲜的事情，但身旁似乎又已经得到了许多鱼，所以三三非常奇怪，正想走去告母亲，忽然管事先生也从那边来了。

好像又是那一天的那种情景，天上全是红霞，妈妈不在家，自己回来原是忘了把鸡关到笼子里，故跑回来捉鸡的。如今碰到这两个人，管事先生同那白脸城里人，都站立在那石墩子上，轻轻的商量一件事情，这两人声音很轻，三三却听得出是一件关于不利于己的行为。因为听到说这些话，又不能嗾①人走开，又不能自己走开，三三就非常着急，觉得自

---

① 嗾（sǒu）：指使。

己的脸上也像天上的霞一样。

那个管事先生装作正经人样子说："我们来买鸡蛋的，要多少钱把多少钱。"

那个城里人，也像唱戏小生那么把手一扬，就说："你说错了，要多少金子把多少金子。"

三三因为人家用金子恐吓她，所以说："可是我不卖给你，不想你的钱，你搬你家大块金子到场上去买吧。"

管事先生于是又说："你不卖行吗，你舍不得鸡蛋为我做人情，你想想，妈妈以后写庚帖①还少得了管事先生没有？"

那城里人于是又说："向小气的人要什么鸡蛋，不如算了吧。"

三三生气似的大声说："就算我小气也行，我把鸡蛋喂虾米，也不卖给人，因为我们不羡慕别人的金子宝贝。你同别人去说金子，恐吓别人吧。"

可是两个人还不走，三三心里就有点着急，很愿意来一只狗向两个人扑去，正那么打量着，忽然从家里就扑出来一条大狗，全身是白色，大声汪汪的吠着，从自己身边冲过去，即刻这两个恶人就落到水里去了。

---

① 庚帖：旧时订婚，男女双方互换的八字帖。

于是溪里的水起了许多水花，起了许多大泡，管事先生露出一个光光的头在水面，那城里人则长长的头发，缠在贴近水面的柳树根上，情景十分有趣。

可是一会儿水面什么也没有了，原来那两个人在水里摸了许多鱼，全拿走了。

三三想去告给妈妈，一滑就跌下了。

刚才的事原来是做一个梦。母亲似乎是在灶房煮午饭，因为听到三三梦里说话，才赶出来的。见三三醒了，摇着她问："三三，三三，你同谁吵闹？"

三三定了一会儿神，望妈妈笑着，什么也不说。

妈妈说："起来看看，我今天为你焖芋头吃。你去照照镜子，脸睡得一片红！"虽然照到母亲说的，去照了镜子，还是一句话不说。人虽醒了还记到梦里一切的情景，到后来又想起母亲说的同谁吵闹的话，才反去问母亲，听到吵闹些什么话。妈妈自然是不注意这些的，所以说听不分明，三三也就不再问什么了。

直到吃饭时，妈妈还说到脸上睡得发红，所以三三就告给老人家先前做了些什么梦，母亲听来笑了半天。

第二次送鸡蛋去时，三三也去了。那时是下午，吃过饭后，两人进了总爷家的大院子。在东边偏院里看到城里来的那个客，正躺在廊下藤椅上，望到天上飞的鸽子。管事的

不在家，三三认得那个男子，不大好意思上前去，就逗母亲
过去，自己站在月门边等候。母亲上前去时节，三三又为出
主意，要妈妈站在门边大声说"送鸡蛋的来了"，好让他知
道。母亲自然什么都照到三三主意作去，三三听到母亲说这
句话，说到第三次，才被那个白白脸庞的少爷注意到，自己
就又急又笑。

三三这时是站在月门外边的，从门罅里向里面窥看，只
见到那白脸人站起身来，又坐下去，正像梦里那种样子，同
时就听到这个人同母亲说话，说到天气同别的事情，妈妈一
面说话一面尽掉过头来望到三三所在的一边，白脸人以为她
就要走去了，便说：

"老太太，你坐坐，我同你说话很好。"

妈妈于是坐下了，可是同时那白脸城里人也注意到
那一面门边有一个人等候了。"谁在那里，是不是你的小
姑娘？"

看到情形不好，三三就想跑，可是一回头，却望到管
事先生站在身后，不知已站了多久，打量逃走自然是难办到
的，到后被管事先生拉着牵进小院子来了。

听到那个人请自己坐下，听到那个人同母亲说那天在溪
边见到自己的情形，三三眼望另一边，傍近母亲身旁，一句
话不说。

坐了一会儿，出来了一个穿白袍戴白帽古怪装扮的女人，三三先还以为是男子，不敢细细的望，到后听到这女人说话，且看她站在城里人身旁，用一根小小管子塞进那白脸男子口里去，又抓了男子的手捏着，捏了好一会，拿一枝好像笔的东西，在一张纸上写了些什么记号，那少爷问"多少豆"，就听她回答说："同昨天一样。"且因为另外一句话听到这个人笑，才晓得那是一个女人，这时似乎妈妈那一方面，也刚刚才明白这是一个女人，且听到说"多少豆"，以为奇怪，所以两人互相望到都笑了。

看着这母女生疏疏的情形，那白袍子女人也觉得好笑，就不即走开。

那白脸城里人说："周小姐，你到这地方来一个朋友也没有，就同这个小姑娘做个朋友吧。她家有个好碾坊，在那边溪头，有一个动人的水车，前面一点还有一个好堰堤，你同她做朋友，就可到那儿去玩，还可以钓些鱼回来。你同她去那边林子里玩玩吧，要这小姑娘告你那些花名草名。"

这周小姐就笑着过来，拖了三三的手，想带她走去，三三想不走，望到母亲，母亲却做样子努嘴要她去，不能不走。

可是到了那一边，两人即刻就熟了。那看护把关于乡下的一切，这样那样问了她许多，她一面答着，一面想问那女人一些事情，却找不出一句可问的话，只很希奇的望到那一顶白帽子发笑。

过后听到母亲在那边喊自己的名字，三三也不知道还应当同看护告别，还应当说些什么话，只说妈妈喊我回去，我要走了，就一个人忙忙的跑回母亲身边，同母亲走了。

母女两人回到路上走过了一个竹林，竹林里恰正当晚霞的返照，满竹林是金色的光。三三把一个空篮子戴在头上，扮作钓鱼翁的样子，同时想起总爷家养病服侍病人那个戴白帽子女人，就和妈妈说：

"娘，你看那个女人好不好？"

母亲说："那一个女人？"

三三好像以为这答复是母亲故意装作不明白的样子，故稍稍有点不高兴，向前走去了。

妈妈在后面说："三三，你说谁？"

三三就说："我说谁，我问你先前那个女子，你还问我！"

"我怎么知道你是说谁？你说那姑娘，脸庞红红白白的，是说她吗？"

三三才停着了脚，等着她的妈。且想起自己无道理处，悄悄的笑了。母亲赶上了三三，推着她的背："三三，那姑娘长得体面，你说是不是？"

三三本来就觉得这人长得体面，听到妈妈先说，所以就故意说："体面什么？人高得像一条菜瓜，也是体面！"

"人家是读过书来的，你不看过她会写字吗？"

"娘，那你明天要她拜你做干妈吧。她读过书，娘你近来只欢喜读书的。"

"嗨，你瞧你！我说读书好，你就生气。可是……你难道不欢喜读书的吗？"

"男人读书还好，女人读书讨厌咧。"

"你以为她讨厌，那我们以后讨厌她得了。"

"不，干嘛说'讨厌她得了'？你并不讨厌她！"

"那你一人讨厌她好了。"

"我也不讨厌她！"

"那是谁该讨厌她？三三，你说。"

"我说，谁也不该讨厌她。"

母亲想着这个话就笑，三三想着也笑了。

三三于是又匆匆的向前走去，因为黄昏太美了，三三不久又停顿在前面枫树下了，还要母亲也陪她坐一会，送那片云过去再走。母亲自然不会不答应的。两人坐在那石条子上，三三把头上的竹篮儿取下后，用手整理到头发，就又想起那个男人一样短短头发的女人。母亲说："三三，你用围裙揩揩脸，脸上出汗了。"三三好像不听到妈妈的话，眺望另一方，她心中出奇，为什么有许多人的脸，白得像茶花。她不知不觉又把这个话同母亲说了，母亲就说，这就是他们称呼为城里人的理由，不必擦粉脸也总是很白的。

三三说："那不好看。"母亲也说："那自然不好看。"三三又说："宋家的黑子姑娘才真不好看。"母亲因为到底不明白三三意思所在，所以再不敢搀言，就只貌作留神的听着，让三三自己去作结论。

三三的结论就只是故意不同母亲意见一致，可是母亲若不说话时，自己就不须结论，也闭了口，不再作声了。

另外某一天，有人从大寨里挑谷子来碾坊的，挑谷子的男人走后，留下一个女人在旁边照料一切。这女人具一种欢喜说话的性格，且不久才从六十里外一个寨上吃喜酒回来，有一肚子的故事，同许多消息，得同一个人说话才舒服，所以就拿来与碾坊母女两人说。母亲因为自己有一个女儿，有些好奇的理由，专欢喜问人家到什么地方吃喜酒，看到些什么体面姑娘，看到些什么好嫁妆。她还明白，照例三三也愿意听这些故事。所以就向那个人，问了这样又问那样，要那人一五一十说出来。

三三听到这些话，却静静的坐在一旁，用耳朵听着，一句话不说，有时说的话那女人以为不是女孩子应当听的，声音较低时，三三就装作毫不注意的神气，用绳子结连环玩，实际上仍然听得清清楚楚。因为，听到些怪话，三三忍不住要笑了，却别过头去悄悄的笑，不让那个长舌妇人注意。

到后那两个老太太，自然而然就说到总爷家中的来客，且说到那个白袍白帽的女人了。那妇人说：她听说这白帽白袍女人，是用钱雇来的一个女人，雇来照料那个少爷，好几两银子一天。但她却又以为这话不十分可靠，她以为这人一定就是城里人的少奶奶，或者小姨太太。

三三的妈妈意见却同那人的恰恰相反，她以为那白袍女人，决不是少奶奶。

那妇人就说："你怎么知道决不是少奶奶？"

三三的妈说："怎么会是少奶奶？"

那人说："你告我些道理。"

三三的妈说："自然有道理，可是我说不出。"

那人说："你又不看到，你怎么会知道。"

三三的妈说："我怎么不看到……"

两人争着不能解决，又都不能把理由说得完全一点，尤其是三三的母亲，又忘记说是听到过那少爷喊叫过周小姐的话，来用作证据，三三却记到许多话，只是不高兴同那个妇人去说，所以三三就用别种的方法打乱了两人不能说清楚的问题。三三说："娘，莫争这些事情，帮我洗头吧，我去热水。"

到后那妇人把米碾完挑走了。把水热好了的三三，坐在小凳上一面解散头发，一面带着抱怨神气向她娘说：

"娘，你真奇怪，欢喜同老婆子说空话。"

"我说了些什么空话？"

"人家媳妇不媳妇管你什么事！"

…………

母亲想起什么事来了，抵着口痴了半天，轻轻的叹了一口气。

过几天，那个白帽白袍的女人，却同总爷家一个小女孩子到碾坊来玩了，玩了大半天，说了许多话，妈妈因为第一次有这么一个客人，所以走出走进，只想杀一只母鸡留客吃饭，但又不敢开口，所以十分为难。

三三则把客人带到溪下游一点有水车的地方去，玩了好一阵，在水边摘了许多金针花，回来时又取了钓竿，搬了凳子，到溪边去陪白帽子女人钓鱼。

溪里的鱼好像也知道凑趣。那女人一根钓竿，一会儿就得了四条大鲫鱼，使她十分欢喜。到后应当回去了，女人不肯拿鱼回去，母亲可不答应，一定要她拿去。并且因为白帽子女人说南瓜子好吃，就又另外取了一口袋的生瓜子，要同来的那个小女孩代为拿着。

再过几天那白脸人同总爷家管事先生，也来钓了一次鱼，又拿了许多礼物回去。

再过几天那病人却同女人在一块儿来了，来时送了一些用瓶子装的糖，还送了些别的东西，使主人不知如何措置手脚。因为不敢留这两个尊贵人吃饭，所以到两人临走时，三三母亲还捉了两只活鸡，一定要他们带回去。两人都说留到这里生蛋，用不着捉去，还不行，到后说等下一次来再杀鸡，那两只鸡才被开释放下了。

自从这两个客人到碾坊这次以后，碾坊里有点不同过去的样子，母女两人说话，提到"城里"的事情就渐渐多了。城里是什么样子，城里有些什么好处，两人本来全不知道。两人用总爷家的派头，同那个白脸男子白袍女人的神气，以及平常从乡下人听来的种种，作为想象的根据，摹拟到城里的一切景况，都以为城里是那么一种样子：一座极大的用石头垒就的城，这城里就有许多好房子，每一栋好房子里面住了一个老爷同一群少爷，每一个人家都有许多成天穿了花绸衣服的女人，装扮得同新娘子一样，坐在家中房里，什么事也不必作。每一个人家，房子里一定都有许多跟班同丫头，跟班的坐在大门前接客人的名片，丫头便为老爷剥莲心去燕窝的毛。城里一定有很多条大街，街上全是车马，城里有洋人，脚干直直的，就在这类大街上走来走去。城里还有大衙门，许多官如包龙图一样，威风凛凛，一天审案到夜，夜了还得点了灯审案。城里还有铺子，卖的是各样希奇古怪的东西。城里一定还有许多庙，庙里成天有人唱戏，成天也有人看戏，看戏的全是坐在一条板凳上，一面看戏一面剥黑瓜子。

自然这些情形都是实在的。这想象中的都市，像一个故事一样动人，保留在母女两人心上，却永远不使两人痛苦。她们在自己习惯中得到幸福，却又从幻想中得到快乐，所以若说过去的生活是很好的，那到后来可说是更好了。

但是，从另外一些记忆上，三三的妈妈却另外还想起了一些事情，因此有好几回同三三说话到城里时，却忽然又住了口不说下去。三三询问这是什么意思，母亲就笑着，仿佛意思就只是想笑一会儿，什么别的意思也没有。

三三可看得出母亲笑中有原因，但总没有方法知道这另外原因是件什么事情。或者是妈妈预备要搬进城里，或者是作梦到过城里，或者是因为三三长大了，背影子已像一个新娘子了，妈妈惊讶着，这些躲在老人家心上一角儿的事可多着呐。三三自己也常常发笑，且不让母亲知道那个理由。每次到溪边玩，听母亲喊"三三你回来吧"，三三一面走一面总轻轻的说："三三不回来了，三三永不回来了。"为什么说不回来，不回来又到些什么地方来落脚，三三不曾认真打量过。

有时候两人都说到前一晚上梦中去过的城里，看到大衙门大庙的情形，三三总以为母亲到的是一个城里，她自己所到又是一个城里。城里自然有许多，同寨子差不多一样，这个三三老早就想到了的。三三所到的城里一定比母亲所到的还远一点，因为母亲凡是梦到城里时，总以为同总爷家那堡子差不多，只不过大了一点，却并不很大。三三因为听到那白帽子女人说过，一个城里看护至少就有两百，所以她梦到的就是两百个白帽子女人的城里！

妈妈每次进寨子送鸡蛋去，总说他们问三三，要三三去玩，三三却怪母亲不为她梳头。但有时头上辫子很好，却又说应当换干净衣服才去。一切都好了，三三却常常临时又忽然不愿意去了。母亲自然是不强着三三的，但有几次母亲有点不高兴了，三三先说不去，到后又去，去到那里，两人是都很快乐的。

人虽不去大寨，等待妈妈回来时，三三总很愿意听听说到那一面的事情。母亲一面说，一面注意三三的眼睛，这老人家懂得到三三心事。她自己以为十分懂得三三，所以有时话说得也稍多了一点，譬如关于白帽子女人，如何照料白脸男子那一类事，母亲说时总十分温柔，同时看三三的眼睛，也照样十分温柔，于是，这母亲，忽然又想到了远远的什么

一件事，不再说下去，三三也想到了另外一件事，不必妈妈
说话了，这母女二人就沉默了。

　　总爷家管事，有次过碾坊来了，来时三三已出到外边往
下溪水车边采金针花去了。三三回碾坊时，望到母亲同那个
管事先生商量什么似的在那里谈话，管事一见到三三，就笑
着什么也不说。三三望望母亲的脸，从母亲脸上颜色，也看
出像有些什么事，很有点凑巧。

　　那管事先生见到三三就说：“三三，我问你，怎么不到
堡子里去玩，有人等你！”

　　三三望到自己手上那一把黄花，头也不抬说：“谁也不
等我。”

　　管事先生说：“你的朋友等你。”

　　“没有人是我的朋友。”

　　“一定有人！”

　　“你说有就有吧。”

　　“你今年几岁，是不是属龙的？”

　　三三对这个谈话觉得有点古怪，就对妈妈看着，不即
作答。

　　管事先生却说：“你不说我也知道，你妈妈还刚刚告
我，四月十七，你看对不对？”

　　三三心想，四月十七、五月十八你都管不着，我又不希

罕你为我拜寿。但因为听说是妈妈告的，三三就奇怪，为什么母亲同别人谈这些话。她就对母亲把小小嘴唇扁了一下，怪着她不该同人说起这些，本来折的花应送给母亲，也不高兴了，就把花放在休息着的碾盘旁，跑出到溪边，拾石子打飘飘梭去了。

不到一会儿，听到母亲送那管事先生出来了，三三赶忙用背对着大路，装着眺望溪对岸那一边牛打架的样子，好让管事先生走去。管事先生见三三在水边，却停顿到路上，喊三姑娘，喊了好几声，三三还故意不理会，又才听到那管事先生笑着走了。

管事先生走后，母亲说："三三，进屋里来，我同你说话。"三三还是装作不听到，并不回头，也不作答。因为她似乎听到那个管事先生，临走时还说"三三你还得请我喝酒"。这喝酒意思，她是懂得到的，所以不知为什么，今天却十分不高兴这个人。同时因为这个人同母亲一定还说了许多话，所以这时对母亲也似乎不高兴了。

到了晚上，母亲因为见到三三不大说话，与平时完全不同了，母亲说："三三，怎么，是不是生谁的气？"

三三口上轻轻的说："没有。"心里却想哭一会儿。

过两天，三三又似乎仍然同母亲讲和了，把一切事都忘掉了，可是再也不提到大寨里去玩，再也不提醒母亲送鸡蛋给人了，同时母亲那一面，似乎也因为了一件事情，不大同三三提到城里的什么，不说是应当送鸡蛋到大寨去了。

日子慢慢的过着，许多人家田堤的新稻，为了好的日头同恰当的雨水，长出的禾穗全垂了头。有些人家的新谷已上了仓，有些人家摘着早熟的禾线，舂①出新米各处送人尝新了。

因为寨子里那家嫁女的好日子快到了，搭了信来接母女两人过去陪新娘子，母亲正新给三三缝了一件葱绿布围裙，故要三三去住两天。三三没有什么理由可以说不去，所以母女两人就带了些礼物到寨子里来了。到了那个嫁女的家里，因为一乡的风气，在女人未出阁以前，有展览妆奁②的习惯，一寨子的女人皆可来看，所以就见到了那个白帽子的女人。她因为在乡下除了照料病人就无什么事情可作，所以一个月来在乡下就成天同乡下女人玩玩，如今随了别的女人来看嫁妆，所以就碰到了这母女两人。

一见面，这白帽子女人便用城里人的规矩，怪三三母亲，问为什么多久不到总爷家里来看他们，又问三三为什么忘了她，这母女两人自然什么也不好说，只按照到一个乡下人的方法，望到略显得黄瘦了的白帽子女人笑着。后来这

———————————

① 舂（chōng）：把东西放在石臼或乳钵里用杵撞击，使去皮壳或捣碎。

② 奁（lián）：古代妇女梳妆用的镜匣。

白帽子的女人，就告给三三妈妈，说病人的病还不什么好，城里医生来了一次，以为秋天还要换换地方，预备八月里就回城去，再要到一个顶远的有海的地方养息。因为不久就要走了，所以她自己同病人，都很想母女两人，同那个小小碾坊。

这白帽子女人又说：曾托过人带信要她们来玩的，不知为什么她们不来。又说她很想再来碾坊那小潭边钓鱼，可是因为天气热了一点。

这白帽子女人，望到三三的新围裙，就说：

"三三，你这个围腰真美，妈妈自己作的是不是？"

三三却因为这女人一个月以来脸晒红多了，就望着这个人的红脸好笑。

母亲说："我们乡下人，要什么讲究东西，只要穿得身上就好了。"因为母亲的话不大实在，三三就轻轻的接下去说："可是改了三次。"

那白帽子女人听到这个话，向母女笑着："老太太你真有福气，做你女儿的也真有福气。"

"这算福气吗？我们乡下人那里比得城里人好。"

因为有两个人正抬了一盒礼过去，三三追了过去想看看是什么时，白帽子女人望着三三的背影："老太太，你三姑娘陪嫁的，一定比这家还多。"

母亲也望那一方说："我们是穷人，姑娘嫁不出去的。"

这些话三三都听到，所以看完了那一抬礼，还不即过来。

说了一阵话，白帽子女人想邀母女两人到总爷家去看看病人，母亲看到三三有点不高兴，同时且想起是空手，乡下人照例又不好意思空手进人家大门，所以就答应过两天再去。

又过了几天，母女二人在碾坊，因为谈到新娘子敷水粉的事情，想到白帽子女人的脸，一到乡下后就晒红了许多的情形，且想起那天曾答应人家的话了，故妈妈问三三，什么时候高兴去寨子里总爷家看"城里人"。三三先是说不高兴，到后又想了一下，去也不什么要紧，就答应母亲，不拘那一天去都行。既然不拘什么时候，那么，自然第二天就可以去了。

因为记起那白帽子女人说的话，很想来碾坊玩，所以三三要母亲早上同去，好就便邀客来，到了晚上再由三三送客回去。母亲则因为想到前次送那两只鸡，客答应了下次来吃，所以还预备早早的回来，好杀鸡款客。

一早上，母女两人就提了一篮鸡蛋，向大寨走去。过桥，过竹林，过小小山坡，道旁露水还湿湿的，金铃子像敲钟一样，叮叮的从草里发出声音来，喜鹊喳喳的叫着从头上飞过去。母亲走在三三的后面，看到三三苗条如一根笋子，拿着棍儿一面走一面打道旁的草，记起从前总爷家管事先生问过她的话，不知道究竟是些什么意思。又想到几天以前，白帽子女人说及的话，就觉得这些从三三日益长大快要发生的事，不知还有许多。

她零零碎碎就记起一些属于别人的印象来了……一顶凤冠，用珠子穿好的，搁到谁的头上？二十抬贺礼，金锁金鱼，这是谁？……床上撒满了花，同百果莲子枣子，这是谁？……四个奶妈还说不合式，这是谁？……那三三是不是城里人？……

若不是滑了一下，向前一窜，这梦还不知如何放肆做下去。

因为听到妈妈口上连作呸呸，三三才回过头来："娘，你怎么，想些什么，差点儿把鸡蛋篮子也摔了。你想些什么？"

"我想我老了，不能进城去看世界了。"

"你难道欢喜城里吗？"

"你将来一定是要到城里去的！"

"怎么一定？我偏不上城里去！"

"那自然好极了。"

两人又走着，三三忽然又说："娘，娘，为什么你说我要到城里去？"

母亲忙说："你不去城里，我也不去城里。城里天生是为城里人预备的，我们自然有我们的碾坊，不会离开。"

不到一会儿，就望到大寨那门楼了，总爷家在大寨南方，门前有许多大榆树和梧桐树，两人进了寨门向南走，快要走到时，就望到榆树下面，有许多人站立，好像看热闹似的，其中还有一些人，忙手忙脚的搬移一些东西，看情形好像是总爷家发生了什么事情，或者来了远客，或者还有别的原因，所以母女两人也不什么出奇，依然慢慢的走过去。三三一面走一面说："莫非是衙门的官来了，娘，我在这里等你，你先过去看看吧。"妈妈随随便便答应着，心里觉得有点蹊跷，就把篮子放下要三三等着，自己赶上前去了。

这时恰巧有个妇人抱了自己孩子向北走，预备回家去，看到三三了，就问："三三，怎么你这样早，有些什么事？"但同时却看到了三三篮里的鸡蛋了："三三，你送谁的礼呢？"

三三说："随便带来的。"因为不想同这人说别的话，故低下头去，用手攀弄那个盘云的葱绿围腰扣子。

那妇人又说："你妈呢？"

三三还是低着头用手向南方指着："过那边去了。"

那女人说："那边死了人。"

"是谁死了？"

"就是上个月从城中搬来在总爷家养病的少爷，只说是病，前一些日子还常常同管事先生出外面玩，谁知就死了。"

三三听到这个，心里一跳，心想，难道是真话吗？

这时，母亲从那边也知道消息了，匆匆忙忙的跑回来，脸儿白白的，到了三三跟前，什么话也不说，拉着三三就走，好像是告三三，又像是自言自语的说："就死了，就死了，真不像会死！"

但三三却立定了，三三问："娘，那白脸先生死了吗？"

"都说是死了的。"

"我们难道就回去吗？"

母亲想想，真的，难道就回去？

因此母女两人又商量了一下，还是到总爷家去看看，知道究竟是些什么原因，三三且想见见那白帽子女人，找到白帽子女人一切就明白了，但一走进总爷家门边，望到许多人站在那里，大门却敞敞的开着，两人又像怕人家知道他们是来送礼的，不敢进去。在那里就听到许多人说到这个白脸人的一切，说到那个白帽子女人，称呼她为病人的媳妇，又说到别的，都显然证明这些人并不同这两个城里人有什么熟识。

　　三三脸白白的拉着妈妈的衣角，低声的说"走"，两人就走了。

　　…………

　　到了磨坊，因为有人挑了谷子来在等着碾米，母亲提着蛋篮子进去了，三三站立溪边，眼望一泓碧流，心里好像掉了什么东西，极力去记忆这失去的东西的名称，却数不出。

　　母亲想起三三了，在里面喊着三三的名字，三三说："娘，我在看虾米呢。"

　　"来把鸡蛋放到坛子里去，虾米在溪里可以成天看！"因为母亲那么说着，三三只好进去了。磨盘正开始在转动，母亲各处找寻油瓶，三三知道那个油瓶挂在门背后，却不做声，尽母亲各处去找。三三望着那篮子就蹲到地下去数着那篮里的鸡蛋，数了半天，后来碾米的人，问为什么那么早拿鸡蛋往别处去送谁，三三好像不曾听到这个话，站起身来又跑出去了。

　　　　　　　起八月五日讫九月十七日（青岛）

萧 萧

乡下人吹唢呐接媳妇，到了十二月是成天有的事情。

唢呐后面一顶花轿，四个伕子平平稳稳的抬着。轿中人被铜锁锁在里面，虽穿了平时不上过身的体面红绿衣裳，也仍然得荷荷大哭。在这些小女人心中，做新娘子，从母亲身边离开，且准备作他人的母亲，从此将有许多事情等待发生。像做梦一样，将同一个陌生男子汉在一个床上睡觉，做着承宗接祖的事情，当然十分害怕，所以照例觉得要哭，就哭了。

也有做媳妇不哭的人。萧萧做媳妇就不哭。这女人没有母亲，从小寄养到伯父种田的庄子上，出嫁只是从这家转到那家。因此到那一天这女人还只是笑。她又不害羞，又不怕。她是什么事也不知道，就做了人家的媳妇了。

萧萧做媳妇时年纪十二岁，有一个小丈夫，年纪三岁。丈夫比她年少九岁，还在吃奶。地方规矩如此，过了门，她喊他做弟弟。她每天应作的事是抱弟弟到村前柳树下去玩，饿了，喂东西吃，哭了，就哄他，摘南瓜花或狗尾草戴到小丈夫头上，或者亲嘴，一面说："弟弟，哪，啍。再来，啍。"在那满是肮脏的小脸上亲了又亲，孩子于是便笑了。孩子一欢喜，会用短短的小手乱抓萧萧的头发。那是平时不大能收拾蓬蓬松松到头上的黄发。有时，垂到脑后一条有红绒绳作结的小辫儿被拉，生气了，就挞那弟弟，弟弟自然嗷的哭出声来，萧萧便也装成要哭的样子，用手指着弟弟的哭脸，说："哪，不讲理，这可不行！"

　　天晴落雨日子混下去，每日抱抱丈夫，也时常到溪沟里去洗衣，搓尿片，一面还捡拾有花纹的田螺给坐到身边的丈夫玩。到了夜里睡觉，便常常做世界上人所做过的梦，梦到后门角落或别的什么地方捡得大把大把铜钱，吃好东西，爬树，自己变成鱼到水中溜扒，或一时仿佛很小很轻，身子飞到天上众星中，没有一个人，只是一片白，一片金光，于是大喊"妈！"，人醒了。醒来心还只是跳。吵了隔壁的人，就骂着："疯子，你想什么！"却不作声只是咕咕笑着。也有很好很爽快的梦，为丈夫哭醒的事。那丈夫本来晚上在自己母亲身边睡，吃奶方便，但是吃多了奶，或因另外情形，半夜大哭，起来放水拉稀是常有的事。丈夫哭到婆婆不能处置，于是萧萧轻脚轻手爬起来，眼屎蒙眬，走到床边，把人抱起，给他看灯光，看星光。或者仍然啍啍的亲嘴，互相觑着，孩子气的"嗨嗨，看猫呵"，那样喊着哄着。于是丈夫笑了。慢慢的阖上眼。人睡了，放上床，站在床边看着，听远处一传一递的鸡叫，知道天快到什么时候了。于是仍然蜷到小床上睡去。天亮后，虽不做梦，却可以无意中闭眼开眼，看一阵空中黄金颜色变幻无端的葵花。

萧萧嫁过了门，做了拳头大丈夫的媳妇，一切并不比先前受苦，这只看她半年来身体发育就可明白。风里雨里过日子，像一株长在园角落不为人注意的蓖①麻；大叶大枝，日增茂盛。这小女人简直是全不为丈夫设想那么似的长大起来了。

夏夜光景说来如做梦。坐到院心，挥摇蒲扇，看天上的星同屋角的萤，听南瓜棚上纺织娘子咯咯咯拖长声音纺车，禾花风翛翛吹到脸上，正是让人在自己方便中说笑话的时候。

萧萧好高，一个人常常爬到草料堆上去，抱了已经熟睡的丈夫在怀里，轻轻的轻轻的随意唱着那使自己也快要睡去的歌。

在院中，公公婆婆，祖父祖母，另外还有帮工汉子两个，散乱的坐，小板凳无一作空。

---

① 蓖（bì）：旧同"蔥"。

祖父身边有烟包，在黑暗中放光。这用艾蒿作成的长火绳，是驱逐长脚蚊东西，蜷在祖父脚边，就如一条黑色长蛇。

想起白天场上的事，那祖父开口说话：

"听三金说前天又有女学生过身。"

大家就哄然笑了。

这笑的意义何在？只因为大家都知道女学生没有辫子，像个尼姑，穿的衣服又像洋人，吃的、用的……总而言之一想起来就觉怪可笑！

萧萧不大明白，她不笑。所以老祖父又说话了。他说：

"萧萧，你将来也会做女学生！"

大家于是更哄然大笑起来。

萧萧为人并不愚蠢，觉得这一定是不利于己的一件事情，所以接口便说：

"我不做女学生！"

"不做可不行。"

"我不做。"

众口一声的说："非做女学生不行！"

女学生这东西，在本乡的确永远是奇闻。每年热天，据说放"水"假日子一到，便有三三五五女学生，由一个荒谬不经的热闹地方来，到另一个远地方去，取道从本地过身，从乡下人眼中看来，这些人皆近于另一世界中活下的人，装扮如怪如神，行为也不可思议。这种人过身时，使一村人皆可以说一整天的笑话。

祖父是当地人物，因为想起所知道的女学生在大城中的生活情形，所以说笑话要萧萧也去作女学生。一面听到这话就感觉一种打哈哈趣味，一面还有那被说的萧萧感觉一种惶恐，说这话的不为无意义了。

女学生由祖父方面所知道的是这样一种人：她们穿衣服不管天气冷暖，吃东西不问饥饱，晚上交到子时才睡觉，白天正经事全不作，只知唱歌打球，读洋书。她们一年用的钱可以买十六只水牛。她们在省里京里想往什么地方去时，不必走路，只要钻进一个大匣子中，那匣子就可以带她到地。她们在学校，男女一处上课，人熟了，就随意同那男子睡觉，也不要媒人，也不要财礼，名叫"自由"。她们也做官；做县官，带家眷上任，男子仍然喊作"老爷"，小孩子叫"少爷"。她们自己不养牛，却吃牛奶羊奶，如小牛小羊，买那奶时是用铁罐子盛的。她们无事时到一个唱戏地方去，那地方完全像个大庙，从衣袋中取出一块洋钱来（**那洋钱在乡下可买五只母鸡**），买了一小方纸片儿，拿了那纸片到里面去，就可以坐下看洋人扮演影子戏。她们被冤了，不赌咒，不哭。她们年纪有老到二十四岁还不肯嫁人的，有老到三十四五还好意思嫁人的。她们不怕男子，男子不能使她们受委屈，一受委屈就上衙门打官司，要官罚男子的款，这笔钱她可以同官平分。她们不洗衣煮饭，有了小孩子也只化五块钱或十块钱一月，雇人专管小孩，自己仍然整天看戏打牌。……

总而言之，说来都希奇古怪，岂有此理。这时经祖父一为说明，听过这话的萧萧，心中却忽然有了一种模模糊糊的愿望，以为倘若她也是个女学生，她是不是照祖父说的女学生一个样子去做那些事？不管好歹，做女学生极有趣味，因此一来却已为这乡下姑娘体念到了。

因为听祖父说起女学生是怎样的人物，到后萧萧独自笑得特别久。笑够了时，她说：

"祖爹，明天有女学生过路，你喊我，我要看。"

"你看，她们捉你去作丫头。"

"我不怕她们。"

"她们读洋书你不怕？"

"我不怕。"

"她们咬人你不怕？"

"也不怕。"

可是这时节萧萧手上所抱的丈夫，不知为什么，在睡梦中哭了，媳妇用作母亲的声势，半哄半吓说：

"弟弟，弟弟，不许哭，不许哭，女学生咬人来了。"

丈夫还仍然哭着，得抱起各处走走。萧萧抱着丈夫离开了祖父，祖父同人说另外一样话去了。

萧萧从此以后心中有个"女学生"。做梦也便常常梦到女学生，且梦到同这些人并排走路。仿佛也坐过那种自己会走路的匣子，她又觉得这匣子并不比自己跑路更快。在梦中那匣子的形体同谷仓差不多，里面还有小小灰色老鼠，眼珠子红红的。

因为有这样一段经过，祖父从此喊萧萧不喊"小丫头"，不喊"萧萧"，却唤作"女学生"。在不经意中萧萧答应得很好。

乡下里日子也如世界上一般日子，时时不同。世界上人把日子糟蹋，和萧萧一类人家把日子吝惜是同样的，各人皆有所得，各人皆为命定。城市中文明人，把一个夏天全消磨到软绸衣服、精美饮料以及种种好事情上面。萧萧的一家，因为一个夏天，却得了十多斤细麻，二三十担瓜。

作小媳妇的萧萧，一个夏天中，一面照料丈夫，一面还绩了细麻四斤。这时工人摘瓜，在瓜间玩，看硕大如盆上面满是灰粉的大南瓜，成排成堆摆到地上，很有趣味。时间到摘瓜，秋天已来了，院中各处有从屋后林子里树上吹来的大红大黄木叶。萧萧在瓜旁站定，手拿木叶一束，为丈夫编小笠帽玩。

工人中有个名叫花狗，抱了萧萧的丈夫到枣树下去打枣子。小小竹杆打在枣树上，落枣满地。

"花狗大①，莫打了，太多了吃不完。"

虽这样喊，还不动身。到后，仿佛完全因为丈夫要枣子，花狗才不听话。萧萧于是又喊她那小丈夫：

"弟弟，弟弟，来，不许捡了。吃多了生东西肚子痛！"

丈夫听话，兜了一堆枣子向萧萧身边走来，请萧萧吃枣子。

"姊姊吃，这是大的。"

"我不吃。"

"要吃一颗！"

她两手那里有空！木叶帽正在制边。工夫要紧，还正要个人帮忙！

"弟弟，把枣子喂我口里。"

丈夫照她的命令作事，作完了觉得有趣，哈哈大笑。

她要他放下枣子帮忙捏紧帽边，便于添加新木叶。

---

① 大："大哥"的简称。

丈夫照她吩咐作事，但老是顽皮的摇动，口中唱歌。这孩子原来像一只猫，欢喜时就得捣乱。

"弟弟，你唱的是什么？"

"我唱花狗大告我的山歌。"

"好好的唱给我听。"

丈夫于是就唱下去，照所记到的歌唱：

天上起云云起花，

包谷林里种豆荚，

豆荚缠坏包谷树，

娇妹缠坏后生家。

天上起云云重云，

地下埋坟坟重坟，

娇妹洗碗碗重碗，

娇妹床上人重人。

丈夫唱歌中意义全不明白，唱完了就问好不好。萧萧说好，并且问从谁学来的。她知道是花狗教他的，却故意盘问他。

"花狗大告我，他说还有好歌，长大了再教我唱。"

听说花狗会唱歌，萧萧说：

"花狗大，花狗大，您唱一个歌我听听。"

那花狗，面如其心，生长得不很正气，知道萧萧要听歌，人也快到听歌的年龄了，就给她唱"十岁娘子一岁夫"。那故事说的是妻年大，可以随便到外面作一点不规矩事情，夫年小，只知道吃奶，让他吃奶。这歌丈夫完全不懂，懂到一点儿的是萧萧，把歌听过后，萧萧装成"我全明白"那种神气，她用生气的样子，对花狗说：

"花狗大，这个不行，这是骂人的歌！"

花狗分辩说："不是骂人的歌。"

"我明白，是骂人的歌。"

花狗难得说多话，歌已经唱过了，错了赔礼，只有不再唱。他看她已经有点懂事了，怕她回头告祖父，就把话支开，扯到"女学生"。他问萧萧，看不看过女学生习体操唱洋歌的事情。

若不是花狗提起，萧萧几乎已忘却了这事情。这时又提到女学生，她问花狗近来有不有女学生过路。

花狗一面把南瓜从棚架边抱到墙角去，告她女学生唱歌的事，这些事的来源就是萧萧的那个祖父。他在萧萧面前说了点大话，说他曾经到官路上见过四个女学生，她们都拿得有旗帜，走长路流汗喘气之中仍然唱歌，同军人所唱的一模一样。不消说，这完全是笑话。可是那故事把萧萧可乐坏了。

花狗是会说会笑的一个人。听萧萧带着歆羡口气说："花狗大，你膀子真大。"他就说："我不止膀子大。"

"你身个子也大。"

"我全身无处不大。"

到萧萧抱了她的丈夫走去以后，同花狗在一起摘瓜，取名字叫哑叭的，开了平时不常开的口。他说：

"花狗，你少坏点。人家是黄花女，还要等十二年才圆房！"

花狗不做声，打了那伙计一掌，走到枣树下捡落地枣去了。

到摘瓜的秋天，日子计算起来，萧萧过丈夫家有一年了。

几次降霜落雪，几次清明谷雨，都说萧萧是大人了。天保佑，喝冷水，吃粗粝饭，四季无疾病，倒发育得这样快。婆婆虽生来像一把剪，把凡是给萧萧暴长的机会都剪去了，但乡下的日头同空气都帮助人长大，却不是折磨可以阻拦得住。

萧萧十四岁时高如成人，心却还是一颗糊糊涂涂的心。

人大了一点，家中做的事也多了一点。绩麻、纺车、洗衣、照料丈夫以外，打猪草、推磨一些事情也要作。还有浆纱织布：两三年来所聚集的粗细麻和纺就的纱，也够萧萧坐到土机上抛三个月的梭子了。

丈夫已断了奶。婆婆有了新儿子，这五岁儿子就像归萧萧独有了。不论做什么，走到什么地方去，丈夫总跟到身边。丈夫有些方面很怕她，当她如母亲，不敢多事。他们俩"感情不坏"。

地方稍稍进步，祖父的笑话转到"萧萧你也把辫子剪去"那一类事上去了。听着这话的萧萧，某个夏天也看过一次女学生了。虽不把祖父笑话认真，可是每一次在祖父说过这笑话以后，她到水边去，必用手捏着辫子末梢，设想没有辫子的人那种神气、那点趣味。

因为打猪草，带丈夫上螺蛳山的山阴是常有的事。

小孩子不知事，听别人唱歌也唱歌。一唱歌，就把花狗引来了。

花狗对萧萧生了另外一种心，萧萧有点明白了，常常觉得惶恐。但花狗是男子，凡是男子的美德、恶德皆不缺少，所以一面使萧萧的丈夫非常欢喜同他玩，一面一有机会即缠在萧萧身边，且总是想方设法把萧萧那点惶恐减去。

山大人小，平时不知道萧萧所在，花狗就站在高处唱歌逗萧萧身边的丈夫，丈夫小口一开，花狗穿山越岭就来到萧萧面前了。

见了花狗，小孩子只有欢喜，不知其他。他原要花狗为他编草虫玩，做竹箫哨子玩，花狗想方法支使他到一个远处去，便坐到萧萧身边来，要萧萧听他唱那使人红脸的歌。她有时觉得害怕，不许丈夫走开；有时又像有了花狗在身边，打发丈夫走去也好一点。终于有一天，萧萧就给花狗变成了妇人了。

那时节，丈夫走到山下采刺莓去了，花狗唱了许多歌，到后却向萧萧说，我想了你二三年。他又说，我为你睡不着觉。他又说，我赌咒不把这事情告给人。听了这些话仍然不懂什么的萧萧，眼睛只注意到他那一对膀子，耳朵只注意到他最后一句话。末了花狗大便又唱歌给她听，她心里乱了。她要他当真对天赌咒，赌了咒，一切好像有了保障，她就一切尽他了。到丈夫返身时，手被毛毛虫螫伤，肿了一片，走到萧萧身边，萧萧捏紧这一只小手，且用口去呵它，吮它，想起刚才的糊涂，才仿佛明白作了一点糊涂事。

花狗诱她做坏事情是麦黄四月，到六月，李子熟了，她欢喜吃生李子。她觉得身体有点特别，碰到花狗，就将这事情告诉他，问他怎么办。

讨论了多久，花狗全无主意。虽以前自己当天赌得有咒，也仍然无主意。这家伙个子大，胆量小，个子大容易做错事，胆量小做了错事就想不出办法。

到后，萧萧捏着自己那条辫子，想起城里了。她说：

"花狗，我们到城里去过日子，不好么？"

"那怎么行？到城里去做什么？"

"我肚子大了。"

"我们找药去。"

"我想……"

"你想逃？"

"我想逃吗？我想死！"

"我赌咒不辜负你。"

"负不负我有什么用，帮我个忙，拿去肚子里这块肉吧。我害怕！"

花狗不再做声，过了一会，便走开了。不久丈夫从他处回来，见萧萧一个人坐在草地上哭，眼睛红红的，丈夫心中纳罕。看了一会，问萧萧：

"姊姊，为什么哭？"

"不为什么，灰尘落到眼睛里，痛。"

"你瞧我，得这些这些。"

他把从溪中捡来的小蚌、小石头陈列萧萧面前，萧萧用泪眼看了一会，笑着说："弟弟，我们要好，我哭你莫告家中。"到后这事情家中当真就无人知道。

第二天，花狗不辞而行，把自己所有的衣裤都拿去了。祖父问同住的哑叭知不知道他为什么走路，走那儿去。哑叭只是摇头，说，花狗还欠了他两百钱，临走时话都不留一句，为人少良心。哑叭说他自己的话，并没有把花狗走的理由说明，因此这一家希奇一整天，谈论一整天。不过这工人既不偷走物件，又不拐带别的，这事过后不久自然也就把他忘了。

萧萧仍然是往日的萧萧。她能够忘记花狗，就好了。但是肚子真有些不同了，肚中东西使她常常一个人干发急，尽做怪梦。

她脾气似乎坏了一点，这坏处只有丈夫知道，因为她对丈夫似乎严厉苛刻了好些。

仍然每天同丈夫在一处，她的心，想到的事自己也不十分明白。她常想，我现在死了，什么都好了。可是为什么要死？她还很高兴活下去，愿意活下去。

家中人不拘谁在无意中提起关于丈夫弟弟的话，提起小孩子，提起花狗，都像使这话如拳头，在萧萧胸口上重重一击。

到八月，她担心人知道更多了，引丈夫庙里去玩，就私自许愿，吃了一大把香灰。吃香灰时被她丈夫见到了，丈夫说这是做什么事，萧萧就说肚子痛，应当吃这个。萧萧自然说谎。虽说求菩萨保佑，菩萨当然没有如她的希望，肚子中长大的东西仍在慢慢的长大。

她又常常往溪里去喝冷水，给丈夫见到了，丈夫问她她就说口渴。

一切她所想到的方法都没有能够使她与自己不欢喜的东西分开。大肚子只有丈夫一人知道，他却不敢告这件事给父母晓得。因为时间长久，年龄不同，丈夫有些时候对于萧萧的怕同爱，比对于父母还深切。

她还记得那花狗赌咒那一天里的事情，如同记着其他事情一样。到秋天，屋前屋后毛毛虫更多了，丈夫像故意折磨她一样，常常提起几个月前被毛毛虫所螫的话，使萧萧难过。她因此极恨毛毛虫，见了那小虫就想用脚去踹。

有一天，又听人说有好些女学生过路，听过这话的萧萧，睁了眼做过一阵梦，愣愣的对日头出处痴了半天。

萧萧步花狗后尘，也想逃走，收拾一点东西预备跟了女学生走的那条路上城。但没有动身，就被家里人发觉了

家中追究这逃走的根源，才明白这个十年后预备给小丈夫生儿子继香火的萧萧肚子，已被另外一个人抢先下了种。这真是了不得的大事！一家人的平静生活为这一件事全弄乱

了。生气的生气，流泪的流泪。悬梁，投水，吃毒药，诸事萧萧全想到了，年纪太小，舍不得死，却不曾做。于是祖父想出了个聪明主意，把萧萧关在房里，派两人好好看守着，请萧萧本族的人来说话，看是沉潭还是发卖。萧萧家中人要面子，就沉潭淹死，舍不得死就发卖。萧萧既只有一个伯父，在近处庄子里为人种田，去请他时先还以为是吃酒，到了才知道是这样丢脸事情，弄得这家长手足无措。

大肚子作证，什么也没有可说。伯父不忍把萧萧沉潭，萧萧当然应当嫁人作二路亲了。

这处罚也好像也极其自然，照习惯受损失的是丈夫家里，然而却可以在改嫁上收回一笔钱，当作赔偿损失的数目。那伯父把这事情告给了萧萧，就要走路。萧萧拉着伯父衣角不放，只是幽幽的哭。伯父摇了一会头，一句话不说，仍然走了。

没有相当的人家来要萧萧，就仍然在丈夫家中住下。这件事情既经说明白，倒又像不什么要紧，大家反而释然了。先是小丈夫不能再同萧萧在一处，到后又仍然如月前情形，姊弟一般有说有笑的过日子了。

丈夫知道了萧萧肚子中有儿子的事情，又知道因为这样萧萧才应当嫁到远处去。但是丈夫并不愿意萧萧去，萧萧自己也不愿意去，大家全莫名其妙，像逼到要这样做，不得不做。

在等候主顾来看人，等到十二月，还没有人来。

萧萧次年二月间，坐草生了一个儿子，团头大眼，声响宏壮，大家把母子二人照料得好好的，照规矩吃蒸鸡同江米酒补血，烧纸谢神。一家人都欢喜那儿子。

生下的既是儿子，萧萧不嫁别处了。

到萧萧正式同丈夫拜堂圆房时，儿子年纪十岁，已经能看牛割草，成为家中生产者一员了。平时喊萧萧丈夫做大叔，大叔也答应，从不生气。

这儿子名叫牛儿。牛儿十二岁时也接了亲，媳妇年长六岁。媳妇年纪大，方能诸事作帮手，对家中有帮助。唢呐到门前时，新娘在轿中呜呜的哭着，忙坏了那个祖父、曾祖父。

这一天，萧萧抱了自己新生的月毛毛，却在屋前榆蜡树篱笆看热闹，同十年前抱丈夫一个样子。

一个多情水手与一个多情妇人

　　我的小表到了七点四十分时，天光还不很亮。停船地方两山过高，故住在河上的人，睡眠仿佛也就可以多些了。小船上水手昨晚上吃了我五斤河鱼，鱼虽吃过，大约还记得着那吃鱼的原因，不好意思再睡，这时节业已起身，卷了铺盖，在烧水扫雪了。两个水手一面工作一面用野话编成韵语骂着玩着，对于恶劣天气与那些昨晚上能晃着火炬到有吊脚楼人家去同宽脸大奶子妇人纠缠的水手，含着无可奈何的诅咒。

　　大木筏都得天明时漂滩，正预备开头，寄宿在岸上的人已陆续下了河，与宿在筏上的水手们，共同开始从各处移动木料，筏上有斧斤声与大摇槌嘭嘭的敲打木桩声音。许多在吊脚楼寄宿的人，从妇人热被里脱身，皆在河滩大石间踉跄走着，回归船上。妇人们恩情所结，也多和衣靠着窗边，与河下人遥遥传述那种种"后会有期，各自珍重"的话语。很显然的事，便是这些人从昨夜那点露水恩情上，已经各在那里支付分上一把眼泪与一把埋怨。想到这些眼泪与埋怨，如何揉进这些人的生活中，成为生活之一部时，使人心中柔和得很！

第一个大木筏开始移动时，约在八点。木筏四隅数十支大桡，拨水而前，筏上且起了有节奏的"唉"声。接着又移动了第二个。……木筏上的桡手，各在微明中画出一个黑色的轮廓。木筏上某一处必飏着一片红红的火光，火堆旁必有人正蹲下用钢罐煮水。

我的小船到这时节一切业已安排就绪，也行将离岸，向长潭上游溯江而上了。

只听到河下小船邻近不远某一只船上，有个水手哑着嗓子喊人：

"牛保，牛保，不早了，开船了呀！"

许久没有回答，于是又听那个人喊道：

"牛保，牛保，你不来当真船开动了！"

再过一阵，催促的转而成为辱骂，不好听的话已上口了。

"牛保，牛保，狗×的，你个狗就见不得河街女人的×！"

吊脚楼上那一个，到此方仿佛初从好梦中惊醒，从热被里妇人手臂中逃出，光身爬到窗边来答着：

"宋宋，宋宋，你喊什么？天气还早咧。"

"早你的娘，人家木簰全开了，你×了一夜还尽不够！"

"好兄弟，忙什么？今天到白鹿潭好好的喝一杯！天气早得很！"

"天气早得很，哼，早你的娘！"

"就算是早我的娘吧。"

最后一句话，不过是我想象的。因为河岸水面那一个，虽尚呶呶不已，楼上那一个却业已沉默了。大约这时节那个妇人还卧在床上，也开了口："牛保，牛保，你别理他，冷得很！"因此即刻又回到床上热被里去了。

只听到河边那个水手喃喃的骂着各种野话，且有意识把船上家伙撞磕得很响。我心想：这是个什么样子的人，我倒应当看看他。且很希望认识岸上那一个。我知道他们那只船也正预备上行，就告给我小船上水手，不忙开头，等等同那只船一块儿开。

不多久，许多木筏离岸了，许多下行船也拔了锚，推开篷，着手荡桨摇橹了。我卧在船舱中，就只听到水面人语声，以及橹桨激水声，与橹桨本身被扳动时咿咿哑哑声。河岸吊脚楼上妇人在晓气迷蒙中锐声的喊人，正如同音乐中的笙管一样，超越众声而上。河面杂声的综合，交织了庄严与流动，一切真是一个圣境。

我出到舱外去站了一会，天已亮了，雪已止了，河面寒气逼人，眼看这些船筏各戴上白雪浮江而下，这里那里飔着红红的火焰同白烟，两岸高山则直矗而上，如对立巨魔，颜色淡白，无雪处皆作一片墨绿。奇景当前，有不可形容的瑰丽。

一会儿，河面安静了。只剩下几只小船同两片小木筏，还无开头意思。

河岸上有个蓝布短衣青年水手，正从半山高处人家下来，到一只小船上去。因为必需从我小船边过身，故我把这人看得清清楚楚。大眼，宽脸，鼻子短，宽阔肩膊下挂着两只大手（手上还提了一个棕衣口袋，里面填得满满的），走路时肩背微微向前弯曲，看来处处皆证明这个人是一个能干得力的水手！我就冒昧的喊他，同他说话：

"牛保，牛保，你玩得好！"

谁知那水手当真就是牛保。

那家伙回过头来看看是我叫他，就笑了。我们的小船好几天以来，皆一同停泊，一同启碇，我虽不认识他，他原来早就认识了我的。经我一问，他有点害羞起来了。他把那口袋举起带笑说道：

"先生，冷呀！你不怕冷吗？我这里有核桃，你要不要吃核桃？"

我以为他想卖给我些核桃，不愿意扫他的兴，就说我要，等等我一定向他买些。

他刚走到他自己那只小船边，就快乐的唱起来了。忽然税关复查处比邻吊脚楼人家窗口，露出一个年青妇人鬓发散乱的头颅，向河下人锐声叫将起来：

"牛保，牛保，我同你说的话，你记着吗？"

年青水手向吊脚楼一方把手挥动着。

"唉，唉，我记得到！……冷！你是怎么的啊！快上床去！"大约他知道妇人起身到窗边时，是还不穿衣服的。

妇人似乎因为一番好意不能使水手领会，有点不高兴的神气。

"我等你十天，你有良心，你就来——"说着，嘭的一声把格子窗放下了。这时节眼睛一定已红了。

那一个还向吊脚楼喃喃说着什么，随即也上了船。我看看，那是一只深棕色的小货船。

我的小船行将开头时，那个青年水手牛保却跑来送了一包核桃。我以为他是拿来卖给我的，赶快取了一张值五角的票子递给他。这人见了钱只是笑。他把钱交还，把那包核桃从我手中抢了回去。

"先生，先生，你买我的核桃，我不卖！我不是做生意人。（他把手向吊脚楼指了一下，话说得轻了些。）那婊子同我要好，她送我的。送了我那么多，此外还有栗子、干鱼。还说了许多痴话，等我回来过年咧……"

慷慨原是辰河水手一种通常的性格。既不要我的钱，皮箱上正搁了一包烟台苹果，我随手取了四个大苹果送给他，且问他：

"你回不回来过年？"

他只笑眯眯的把头点点，就带了那四个苹果飞奔而去。我要水手开了船。小船已开到长潭中心时，忽然又听到河边那个哑嗓子在喊嚷：

"牛保，牛保，你是怎么的？我×你的妈，还不下河，我翻你的三代，还……"

一会儿，一切皆沉静了，就只听到我小船船头分水的声音。

听到水手的辱骂，我方明白那个快乐多情的水手，原来得了苹果后，并不即返船，仍然又到吊脚楼人家去了。他一定把苹果献给那个妇人，且告给妇人这苹果的来源，说来说去，到后自然又轮着来听妇人说的痴话，所以把下河的时间完全忘掉了。

小船已到了辰河多滩的一段路程，长潭尽后就是无数大滩小滩。河水半月来已落下六尺，雪后又照例无风，较小船只即或可以不从大漕上行，沿着河边浅水处走去也仍然十分费事。水太干了，天气又实在太冷了点。我伏在舱口看水手们一面骂野话，一面把长篙向急流乱石间掷去，心中却念及那个多情水手。船上滩时浪头俨然只想把船上人攫走。水流太急，故常常眼看业已到了滩头，过了最紧要处，但在抽篙换篙之际，忽然又会为急流冲下。海水又大又深，大浪头拍岸时常如一个小山，但它总使人觉得十分温和。河水可同一股火，太热情了一点，时时刻刻皆想把人攫走，且仿佛完全只凭自己意见作去。但古怪的是这些弄船人，他们逃避激流同漩水的方法，十分巧妙。他们得靠水为生，明白水，比一般人更明白水的可怕处；但他们为了求生，却在每个日子里每一时间皆有向水中跳去的准备。小船一上滩时，就不能不向白浪里钻去，可是他们却又必有方法从白浪里找到出路。

在一个小滩上，因为河面太宽，小漕河水过浅，小船缆绳不够长不能拉纤，必需尽手足之力用篙撑上，我的小船一连上了五次皆被急流冲下。船头全是水。到后想把船从对河另一处大漕走去，漂流过河时，从白浪中钻出钻进，篷上也沾了水。在大漕中又上了两次，还花钱加了个临时水手，方把这只小船弄上滩。上过滩后问水手是什么滩，方知道这滩名"骂娘滩"（*说野话的滩！*）。即或是父子弄船，一面弄船也一面得互骂各种野话，方可以把船弄上滩口。

一整天小船尽是上滩，我一面欣赏那些从船舷驰过急于奔马的白浪，一面便用船上的小斧头，敲剥那个风流水手见赠的核桃吃。我估想这些硬壳果，说不定每一颗还皆是那吊脚楼妇人亲手从树上摘下，用鞋底揉去一层苦皮，再一一加以选择，放到棕衣口袋里来的。望着那些棕色碎壳，那妇人说的"你有良心你就赶快来"一句话，也就尽在我耳边响着。那水手虽然这时节或许正在急水滩头爬伏到石头上拉船，或正脱了裤子涉水过溪，一定却记忆着吊脚楼妇人的一切，心中感觉十分温暖。每一个日子的过去，便使他与那妇人接近一点点。十天完了，过年了，那吊脚楼上，一定门楣上全贴了红喜钱，被捉的雄鸡啊呵呵呵的叫着，雄鸡宰杀后，把它向门角落抛去，只听到翅膀扑地的声音。锅中蒸了一笼糯米饭，长年覆着搁在门口的老粑槽，那时节业已翻动，粑槌也洗得干干净净，只等候把蒸熟的米饭倒下，两人就开始在一个石臼里捣将起来。一切事皆两个人共力合作，一切工作中皆掺合有笑谑与善意的诅咒。于是当真过年了。又是叮咛与眼泪，在一分长长的日子里有所期待，留在船上另一个放声的辱骂催促着，方下了船，又是核桃与栗子，干鲤鱼与……

到了午后，天气太冷，无从赶路。时间还只三点左右，我的小船便停泊了。停泊地方名为杨家岨。依然有吊脚楼，飞楼高阁悬在半山中，结构美丽悦目。小船傍在大石边，只须一跳就可以上岸。岸上吊脚楼前枯树边，正有两个妇人，穿了毛蓝布衣裳，不知商量些什么，幽幽的说着话。这里雪已极少，山头皆裸露作深棕色，远山则为深紫色。地方静得很，河边无一只船，无一个人，无一堆柴。只不知河边某一个大石后面有人正在捶捣衣服，一下一下的捣。对河也有人说话，却看不清楚人在何处。

小船停泊到这些小地方，我真有点担心。船上那个壮年水手，是一个在军营中开过小差作过种种非凡事业的人物，成天在船上只唱着"过了一天又一天，心中好似滚油煎"，若误会了我箱中那些带回湘西送人的信笺信封，以为是值钱东西，在唱过了埋怨生活的戏文以后，转念头来玩个新花样，说不定我还来不及被询问"吃板刀面或吃馄饨"以前，就被他解决了。这些事我倒不怎么害怕，凡是蠢人作出的事我不知道什么叫吓怕的。只是有点儿担心，因为若果这个人做出了这种蠢事，我完了，他跑了，这地方可糟了。地方既属于我那些同乡军官大老管辖，把他们可忙坏了。

我盼望牛保那只小船赶来，也停泊到这个地方，一面可以不用担心，一面还可以同这个有人性的多情水手谈谈。

直等到黄昏，方来了一只邮船，靠着小船下了锚。过不久，邮船那一面有个年青水手嚷着要支点钱上岸去吃"荤烟"，另一个管事的却不允许，两人便争吵起来了。只听到年青的那一个呶呶絮语，声音神气简直同大清早上那个牛保一个样子。到后来，这个水手负气，似乎空着个荷包，也仍然上岸过吊脚楼人家去了。过了一会还不见他回船，我很想知道一下他到了那里作些什么事情，就要一个水手为我点上一段废缆，晃着那小小火把，引导我离了船，爬了一段小小山路，到了所谓河街。

五分钟后，我与这个穿绿衣的邮船水手，一同坐到一个人家正屋里的火堆旁，默默的在烤火了。一个大油松树根株，正伴同一饼油渣，熊熊的燃着快乐的火焰。间或有人用脚或树枝拨了那么一下，便有好看的火星四散惊起。主人是一个中年妇人，另外还有两个老妇人，虽对水手提出种种问题，且把关于下河的油价、木价、米价、盐价，一件一件来询问他，他却很散漫的回答，只低下头望着火堆。从那个颈项同肩膊，我认得这个人性格同灵魂，竟完全同早上那个牛保水手一样。我明白他沉默的理由，一定是船上管事的不给他钱，到岸上来又赊烟不到手。他那闷闷不乐的神气，可以说是很妩媚。我心想请他一次客，又不便说出口。到后机会却来了。门开处进来了一个年事极轻的妇人，头上裹着大格子花布首巾，身穿绿色土布袄子，挂着一条蓝色围裙，胸前还绣了一朵小小白花。那年轻妇人把两只手插在围裙里，轻脚轻手进了屋，就站在中年妇人身后。说真话，这个女人真使我有点儿"惊讶"。我似乎在什么地方另一时节见着这样一个人，眼目鼻子皆仿佛十分熟习。若不是当真在某一处见过，那就必定是在梦里了。公道一点说来，这妇人是个美丽得很的生物！

最先我以为这小妇人是无意中撞来玩玩，听听从下河来的客人谈谈下面事情，安慰安慰自己寂寞的。可是一瞬间，我却明白她是为另一件事而来的了。屋主人要她坐下，她却不肯坐下，只把一双放光的眼睛尽瞅着我，待到我抬起头去望她时，那眼睛却又赶快逃避了。她在一个水手面前一定没有这种羞怯，为这点羞怯我心中有点儿惆怅，引起了点儿怜悯。这怜悯一半给了这个小妇人，却留下一半给我自己。

那邮船水手眼睛为小妇人放了光，很快乐的说：

"天天，天天，你打扮得真像个观音！"

那女人抿嘴笑着不理会，表示这点阿谀并不希罕，一会儿方轻轻的说：

"我问你，白师傅的大船到了桃源不到？"

邮船水手答应了，妇人又轻轻的问：

"杨金保的船？"

邮船水手又答应了，妇人又继续问着这个那个。我一面向火一面听他们说话，却在心中计算一件事情。小妇人虽同邮船水手谈到岁暮年末水面上的情形，但一颗心却一定在另外一件事情上驰骋。我几乎本能的就感到了这个小妇人是正在爱着我的，不用惊奇，这不是希奇事情。我们若稍懂人情，就会明白一张为都市所折磨而成的白脸，同一件称身软料细毛衣服，在一个小家碧玉心中所能引起的是一种如何幻想，对目前的事也便不用多提了。

对于身边这个小妇人，也正如先前一时对于身边那个邮船水手一样，我想不出用个什么方法，就可以使这个有了点儿野心与幻想的人，得到她所要得到的东西。其实我在两件事上皆不能再吝啬了，因为我对于他们皆十分同情。但试想想看，倘若这个小妇人所希望的是我本身，我这点同情，会不会引起五千里外另一个人的苦痛？我笑了。

……假若我给这水手一笔钱，让这小妇人同他谈一个整夜？

我正那么计算着，且安排如何来给那个邮船水手的钱，使他不至于感觉难于为情。忽然听到那年轻妇人问道：

"牛保那只船？"

那邮船水手吐了一口气："牛保的船吗，我们一同上骂娘滩，溜了四次。末后船已上了滩，那拦头的伙计还同他在互骂，且不知为什么互相用篙子乱打乱剚起来，船又溜下滩去了。看那样子不是有一个人落水，就得两个人同时落水。"

有谁发问："为什么？"

邮船水手感慨似的说："还不是为那一张×！"

几人听着这件事，皆大笑不已。那年轻小妇人，却长长的吁了一口气。

忽然河街上有个老年人嘶声的喊人：

"天天小婊子，小婊子婆，卖×的，你是怎么的，夹着那两片小×，一眨眼又跑到那里去了！你来！……"

小妇人听门外街口有人叫她，把小嘴收敛做出一个爱娇的姿式，带着不高兴的神气自言自语说："叫骡子又叫了。天天小婊子偷人去了！投河吊颈去了！"咬着下唇很有情致的盯了我一眼，拉开门，放进了一阵寒风，人却冲出去，消失到黑暗中不见了。

那邮船水手望了望小妇人去处那扇大门，自言自语的说："小婊子嫁老烟鬼，天晓得！"

于是大家便来谈说刚才走去那个小妇人的一切。屋主中年妇人，告给我那小妇人年纪还只十九岁，却为一个年过五十的老兵所占有。老兵原是一个烟鬼，虽占有了她，只要谁有土有财就让床让位。至于小妇人呢，人太年轻了点，对于钱毫无用处，却似乎常常想得很远很远。屋主人且为我解释很远很远那句话的意思，给我证明了先前一时我所感觉到的一件事情的真实。原来这小妇人虽生在不能爱好的环境里，却天生有种爱好的性格。老烟鬼用名分缚着了她的身体，然而那颗心却无从拘束。一只船无意中在码头边停靠了，这只船又恰恰有那么一个年青男子，一切派头皆与水手不同，天天那颗心，将如何为这偶然而来的人跳跃！屋主人所说的话增加了我对于这个年轻妇人的关心。我还想多知道一点，请求她告给我，我居然又知道了些不应当写在纸上的事情。到后来谈起命运，那屋主人沉默了，众人也沉默了。各人眼望着熊熊的柴火，心中玩味着"命运"两个字的意义，而且皆俨然有一点儿痛苦。

我呢，在沉默中体会到一点儿"人生"的苦味。我不能给那个小妇人什么，也再不作给那水手一点点钱的打算了，我觉得他们的欲望同悲哀都十分神圣，我不配用钱或别的方法渗进他们命运里去，扰乱他们生活上那一分应有的哀乐。

下船时，在河边我听到一个人唱《十想郎》小曲，曲调卑陋，声音却清圆悦耳。我知道那是由谁口中唱出且为谁唱的。我站在河边寒风中痴了许久。

巧秀和冬生

雪在融化。田沟里到处有注入小溪河中的融雪水，正如对于远海的向往，共同作成一种欢乐的奔赴。来自留有残雪溪涧边竹篁丛中的山鸟声，比地面花草还占先透露出春天消息，对我更俨然是种会心的招邀。就中尤以那个窗后竹园的寄居者，全身油灰颈脖间围了一条锦带的斑鸠，作成的调子越来越复杂，也越来越离奇。

"巧秀，巧秀，你当真要走？你莫走！"

"哥哥，哥哥，喔。你可是叫我？你从不理我，怎么好责备我？"

原本还不过是在晓梦迷蒙里，听到这个古怪而荒谬的对答，醒来不免十分惆怅。目前却似乎清清楚楚的，且稍微有点嘲谑意味，近在我耳边诉说，我再也不能在这个大庄院住下了。因此用"欢喜单独"作为理由，迁移个新地方，村外药王宫偏院中小楼上。这也可说正是我自己最如意的选择。因为庙宇和村子有个大田坝隔离，地位完全孤立。生活得到单独也就好像得到一切，为我十八岁年纪时所需要的一切。

我一生中到过许多希奇古怪的去处，过了许多式样不同的桥，坐过许多式样不同的船，还睡过许多式样不同的床。可再也没有比半月前在满家大庄院中那一晚，躺在那铺楠木雕花大床上，让远近山鸟声和房中壶水沸腾，把生命浮起的情形心境离奇。以及迁到这个小楼上来，躺在一铺硬板床上，让远近更多山鸟声填满心中空虚，所形成一种情绪更幽渺难解！

院子本来不小，大半都已为细叶竹科植物的蕃植所遮蔽，只余一条青石板砌成的走道，可以给我独自散步。在丛竹中我发现有宜于作手杖的罗汉竹和棕竹，有宜于作箫管的紫竹和白竹，还有宜于作钓鱼竿的蛇尾竹。这一切性质不同的竹子，却于微风疏刷中带来一片碎玉倾洒，带来了和雪不相同的冷。更见得幽绝处，还是小楼屋脊因为占地特别高，宜于遥瞻远瞩，几乎随时都有不知名鸟雀在上面歌呼；有些见得分外从容，完全无为的享受它自己的音乐，唱出生命的欢欣；有些又显然十分焦躁，如急于招朋唤侣，而表示对于爱情的渴望。那个油灰色斑鸠更是我屋顶的熟客，本若为逃避而来，来到此地却和它有了更多亲近机会。从那个低沉微带忧郁反复嘀咕中，始终像在提醒我一件应搁下终无从搁下的事情，即巧秀的出走。即初来这个为大雪所覆盖的村子里，参加朋友家喜筵过后，房主人点上火炬预备送我到偏院去休息时，随同老太太身后，负衾抱裯来到我那个房中，咬着下唇一声不响为我铺床理被的十七岁乡下姑娘巧秀。我正想用她那双眉毛和新娘子眉毛作个比较，证实一下传说可不可靠。并在她那条大辫子和发育得壮实完整的四肢上，做了点十八岁年青人的荒唐梦。不意到第二天吃早饭桌边，却听人说她已带了个小小包袱，跟随个吹唢呐的乡下男子逃走了。在那个小小包袱中，竟像是把我所有的一点什么东西，也于无意中带走了。

巧秀逃走已经半个月，还不曾有回头消息。试用想象追寻一下这个发辫黑、眼睛光、胸脯饱满乡下姑娘的去处，两人过日子的种种以及明日必然的结局，自不免更加使人茫然若失。因为不仅偶然被带走的东西已找不回来，即这个女人本身，那双清明无邪眼睛所蕴蓄的热情，沉默里所具有的活跃生命力，都远了，被一种新的接续而来的生活所腐蚀，遗忘在时间后，从此消失了，不见了。常德府的大西关，辰州府的尤家巷，以及沅水流域大小水码头边许多小船上，经常有成千上万接纳客商的小婊子，脸宽宽的眉毛细弯弯的，坐在舱前和船尾晒太阳，一面唱《十想郎》小曲遣送白日，一面衲鞋底绣花荷包，企图用这些小物事连结水上来去弄船人的恩情。平凡相貌中无不有一颗青春的心永远在燃烧中。

一面是如此燃烧，一面又终不免为生活缚住，挣扎不脱，终于转成一个悲剧的结束，恩怨交缚气量窄，投河吊颈之事日有所闻。追源这些女人的出处背景时，有大半和巧秀就差不多，缘于成年前后那份痴处，那份无顾忌的热情，冲破了乡村习惯，不顾一切的跑去。从水取譬，"不到黄河心不死"。但大都却不曾流到洞庭湖，便滞住于什么小城小市边，过日子下来。向前既不可能，退后也办不到，于是如彼如此的完了。

　　我住处的药王宫，原是一村中最高议会所在地、村保国民小学的校址和保卫一地治安的团防局办公处。正值年假，学校师生都已回了家。议会平时只有两种用途：积极的是春秋二季邀木傀儡戏班子酬神还愿，推首事人出份子。消极的便只是县城里有公事来时，集合士绅人民商量对策。地方治安既不大成问题，团防局事务也不多，除了我那朋友满大队长由保长自兼，局里固定职员，只有个戴大眼镜读《随园食谱》、用小绿颖水笔办公事的师爷，一个年纪十四岁头脑单纯的局丁。地方所属自卫武力虽有三十多枝杂枪，却分散在村子里大户人家中，以防万一，平时并不需要。换言之，即这个地方目前是冷清清的。因为地方治安无虞，农村原有那分静，表面看也还保持得上好。

搬过药王宫半个月来，除了和大队长赶过几回场，买了些虎豹皮，选了些斗鸡种，上后山猎了回毛兔，一群人一群狗同在春雪始融湿滑滑的涧谷石崖间转来转去，搅成一团，累得个一身大汗，其余时间居多倒是看看局里老师爷和小局丁对棋。两人年纪一个已过四十，一个还不及十五，两面行棋都不怎么高明，却同一十分认真。局里还有半部《聊斋志异》，这地方环境和空气，才真宜于读《聊斋志异》！不过更新的发现，却是从局里新孵的一窝小鸡上及床头一束束草药的效用上，和师爷于短时期即成了个忘年交，又从另外一种方式上，和小局丁也成了真正知己。先是翻了几天《聊斋志异》，以为青凤黄英会有一天忽然掀帘而入，来到以前且可听到楼梯间细碎步声。事实上雀鼠作成的细碎声音虽多，青凤黄英始终不露面。这种悬想的等待，既混和了恐怖与欢悦，对于十八岁的生命言也极受用。可是一和两人相熟，我就觉得抛下那几本残破小书大有道理，因为随意浏览另外一本大书某一章节，都无不生命活跃引人入胜！

原来巧秀的妈是溪口人，二十三岁时即守寡，守住那两岁大的巧秀和七亩山田。年纪青，不安分甘心如此下去，就和一个黄罗寨打虎匠相好。族里人知道了这件事，想图谋那片薄田，捉奸捉双把两人生生捉住。一窝蜂把两人涌到祠堂里去公开审判。本意也大雷小雨的把两人吓一阵，痛打一阵，大家即从他人受难受折磨情形中，得到一种离奇的满足，再把她远远的嫁去，讨回一笔财礼，作为脸面钱，用少数买点纸钱为死者焚化，其余的即按好事出力的程度均分花用。不意当时作族长的，巧秀妈未嫁时，曾拟为跛儿子讲作儿媳妇，巧秀妈却嫌他一只脚不成功，族长心中即螫住一腔恨恼。后来又借故一再调戏，反被那有性子的小寡妇大骂一顿，以为老没规矩老无耻。把柄拿到手上，还随时可以宣布。如今既然出了这种笑话，因此回复旧事，极力主张把黄罗寨那风流打虎匠两只脚捶断，且当小寡妇面前捶断。私刑执行时，打虎匠咬定牙齿一声不哼，只把一双眼睛盯看着小寡妇。处罚完事，即预备派两个长年把他抬回三十里外黄罗寨去。事情既有凭有据，黄罗寨人自无话说。可是小寡妇呢，却当着族里人表示她也要跟去。田产女儿通不要，也得跟去。这一来族中人真是面子失尽。尤其是那个一族之长，心怀狠毒，情绪复杂，怕将来还有事情，倒不如一不做二不休连根割断，竟提议把这个不知羞耻的贱妇照老规矩沉潭，免得黄罗寨人说话。族祖既是个读书人，读过几本"子曰"，加之辈分大，势力强，且平时性情又特别顽固专横，即由此种种，同族子弟不信服也得三分畏惧。如今既用维持本族名誉面子为理由，提出这种兴奋人的意见，并附带说事情解决再商量过继香火问题。人多易起哄，大家不甚思索自然即随声附和。阖族一经同意，那些无知好事者，即刻就把绳索磨石找来，督促进行。在纷乱下族中人道德感和虐待狂已混淆不可分。其他女的都站得远远的，只轻轻的喊着"天"，却无从作其他抗议。一些年青族中人，即在祠堂外把那小寡妇上下衣服剥个净光，两手缚定，背上负了面小磨石，并用藤葛紧紧把磨石扣在颈脖上。大家围住小寡妇，一面无耻放肆的欣赏那个光鲜鲜的年青肉体，一面还狠狠的骂女人无耻。小寡妇却一声不响，任其所为，眼睛湿莹莹的从人丛中搜索那个冤家族祖。族祖却在剥衣时装作十分生气，狠狠的看了几眼，口中不住说"下贱下贱"，装作有事也不屑再看，躲进祠堂里去了。到祠堂里就和其他几个年长族人商量打公禀禀告县里，准备大家画押，把责任推卸到群众方面去，免得出其他故事。也一面安慰安慰那些年老怕事的，引些圣经贤传除恶务尽的话语，免得中途变化。到了快要黄昏时候，族中一群好事者和那个族祖，把小寡妇拥上了一只小船，架起了桨，沉默向溪口上游长潭划去。女的还是低头无语，只看着河中荡荡流水，以及被双桨搅碎水中的云影星光。也许正想起二辈子投生问题，或过去一时被族祖调戏不允许的故事，或是一些生前"欠人""人欠"的小小恩怨。也许只想起打虎匠的过去当前，以及将来如何生活，一岁大的巧秀，明天会不会为人扼喉咙谋死？临出发到河边时，一个老表嫂抱了茫然无知的孩子，想近身来让小寡妇喂点奶，竟被人骂为老狐狸，一脚踢开，心狠到临死以前不让近近孩子。但很奇怪就是从这妇人脸色上竟看不出恨和惧，看不出特别紧张。……至于一族之长的那一位呢，正坐在船尾梢上，似乎正眼也不想看那小寡妇。其实心中却漩起一种极复杂纷乱情感，为去掉良心上那些刺，只反复喃喃以为这事是应当的，全族脸面攸关，不能不如此的。自己既为一族之长，又读过书，实有维持风化道德的责任。当然也并不讨厌那个青春康健、光鲜鲜的肉体，讨厌的倒是"肥水不落外人田"，这肉体被外人享受。妒忌在心中燃烧，道德感益强迫虐狂益旺盛。至于其他族人中呢，想起的或者只是那几亩田将来究竟归谁管业。都不大自然，因为原来那点性冲动已成过去，都有点见输于小寡妇的沉静情势。小船摇到潭中最深处时，荡桨的把桨抽出水，搁在舷边。船停后轻轻向左旋着，又向右旋。大家都知道行将发生什么事。一个年纪稍大的某人说："巧秀的娘，巧秀的娘，冤有头，债有主，你好好的去了吧。你有什么话嘱咐？"小寡妇望望那个说话安慰她的人，过一会儿方低声说："三表哥，做点好事，不要让他们捏死我巧秀喔，那是人家的香火！长大了，不要记仇！"大家静默了。美丽黄昏空气中，一切沉静，谁也不肯下手。老族祖貌作雄强，心中实混和了恐怖与庄严。走过女

人身边，冷不防一下子把那小寡妇就掀下了水，轻重一失
衡，自己忙向另外一边倾坐，把小船弄得摇摇晃晃。人一下
水，先是不免有一番小小挣扎，因为颈背上悬系那面石磨相
当重，随即打着漩向下直沉。一阵子水泡向上翻，接着是水
天平静。船随水势溜着，渐渐离开了原来位置，船上的年青
人眼都还直直的望着水面。因为死亡带走了她个人的耻辱和
恩怨，却似乎留念给了每人一份看不见的礼物。虽说是要女
儿长大后莫记仇，可是参加的人那能忘记自己作的蠢事，几
个人于是俨然完成了一件庄严重大的工作，把船掉头。死
的已因罪孽而死了，然而"死"的意义却转入生者担负上，
还得赶快回到祠堂里去叩头，放鞭炮挂红，驱逐邪气，且表
示这种勇敢和决断行为，业已把族中受损失的荣誉收复。事
实上却是用一切来拔除那点在平静中能生长，能传染，影响
到人灵魂或良心的无形谴责。即因这种恐怖，过四年后那族
祖便在祠堂里发狂自杀了。只因为最后那句嘱咐，巧秀被送
到八十里远的满家庄院，活下来了。

　　巧秀长大了，亲眼看过这一幕把她带大的表叔，团防局
的师爷，有意让她给满家大队长做小婆娘，有个归依，有个
保护。因为大太太多年无孕息，又多病，将来生男育女还可
望扶正。大队长夫妇都同意这个提议。只是老太太年老见事
多，加之有个痛苦记忆在心上，以为得凡事从长作计。巧秀

对过去事又实在毫无所知，只是不乐意。因此暂时搁置。

巧秀常到团防局来帮师爷缝补衣袜，和冬生也相熟。冬生的妈杨大娘，一个穷得厚道贤慧的老妇人，在师爷面前总称许巧秀。冬生照例常常插嘴提醒他的妈："我还不到十四岁，娘。""你今年十四明年就十五，会长大的！"两母子于是在师爷面前作小小争吵，说的话外人照例都不甚容易懂。师爷心中却明白，母子两人意见虽对立，却都欢喜巧秀，对巧秀十分关心。

巧秀的逃亡正如同我的来到这个村子里，影响这个地方并不多，凡是历史上固定存在的，无不依旧存在，习惯上进行的大小事情，无不依旧进行。

冬生的母亲一村子里通称为杨大娘。丈夫十年前死去时，只留下一所小小房产和巴掌大一片土地。生活虽穷然而为人笃实厚道，不乱取予，如一般所谓"老班人"。也信神，也信人，觉得这世界上有许多事得交把"神"，又简捷，又省事。不过有些问题神处理不了，可就得人来努力了。人肯好好的做下去，天大难事也想得出结果；办不了呢，再归还给神。如其他手足贴近土地的人民一样，处处尽人事而处处信天命，生命处处显出愚而无知，同时也处处见出接近了一个"道"字。冬生在这么一个母亲身边，从看牛、割草、捡菌子和其他农村子弟生活方式中慢慢长大了，却长得壮实健康，机灵聪敏，只读过一年小学校，便会写一笔小楷字，且懂得一点公文程式。作公丁收入本不多，惟穿吃住已不必操心，此外每月还有一箩净谷子、一点点钱，这份口粮捎回作家用，杨大娘生活因之也就从容得多。且本村二百五十户人家，有公职身分公份收入阶级总共不过四五人，除保长、队长和那个师爷外，就只那两个小学教员。所以冬生的地位，也就值得同村小伙子羡慕而乐意得到它。职务在收入外还有个抽象价值，即抽丁免役，且少受来自城中军政各方的经常和额外摊派。凡是生长于同式乡村中的人，都知道上头的摊派法令，一年四季如何轮流来去，任何人都挡不住，任何人都不可免，惟有吃公事饭的人，却不大相同。正如村中一脚踢凡事承当的大队长，派人筛锣传口信集合父老于药王宫开会时，虽明说公事公办，从大户摊起，自己的磨坊、油坊，以及在场上的槽坊，统算在内，一笔数目比别人照例出的多，且愁眉不展的感到周转不灵，事实上还得出子利举债。可是村子里人却只见到队长上城回来时，总带了些文明玩意儿，或换了顶呢毡帽，或捎了个洋水笔，遇有公证画押事情，多数公民照例按指纹画十字，少数盖章，大队长却从中山装胸间口袋拔出那亮晃晃、圆溜溜宝贝，写上自己的名字，已够使人惊奇，一问价钱数目才更吓人，原来比一只耕牛还贵！像那么做穷人，谁不乐意！冬生随同大队长的大白骡子来去县城里，一年不免有五七次，知识见闻自比其他乡下人丰富。加上母子平时的为人，因此也赢得一种不同地位。而这地位为人承认表示得十分明显，即几个小地主家有十二三岁的小闺女的，都乐意招那么一个小伙子作上门女婿。

村子去县城已五十里，离官路也在三里外。地方不当冲要，不曾驻过兵。因为有两口好井泉，长年不绝的流，营卫了一坝好田。田坝四周又全是一列小山围住，山坡上种满桐茶竹漆，村中规约好，不乱砍伐破山，不偷水争水，地方由于长期安定，形成的一种空气，也自然和普通破落农村不同。凡事有个规矩，虽由于这个长远习惯的规矩，在经济上有人占了些优势，于本村成为长期统治者，首事人。也即因此另外有些人就不免世代守住佃户资格，或半流动性的长工资格，生活在被支配状况中。但两者生存方式，还是相差不太多，同样得手足贴近土地，参加劳动生产，没有人袖手过日子。惟由此相互对照生活下，依然产生了一种游离分子，亦即乡村革命分子。这种人的长成都若有个公式：小时候作顽童野孩子，事事想突破一乡公约，砍砍人家竹子作钓竿，摘摘人家园圃橘柚解渴，偷放人田中水捉鱼，或从他人装置的网弶中取去捉住的野兽。自幼即有个不劳而获的发明，且凡事作来相当顺手。长大后，自然便忘不了随事占便宜。浪漫情绪一扩张，即必然从农民身分一变而成为游玩。社会还稳定，英雄无用武之地，不能成大气候，就在本村子里街头开个小门面，经常摆桌小牌抽点头，放点子母利。相熟方面多，一村子人事心中一本册，知道谁有势力谁无财富，就向那些有钱无后的寡妇施点小讹诈。平时既无固定生计，又不下田，四乡逢场时就飘场放赌。附近三十里每个村子里都有二三把兄弟，平时可以吃吃喝喝，困难时也容易相帮相助。或在猪牛买卖上插了句嘴，成交时便可从经纪方面分点酒钱，落笔小油水。什么村子里有大戏，必参加热闹，和掌班若有交情，开锣封箱必被邀请坐席吃八大碗，打加官叫出名姓，还得做面子出个包封。新来年青旦角想成名，还得和他们周旋周旋，靠靠灯，方不会凭空为人抛石头打彩。出了事，或得罪了当地要人，或受了别的气扫了面子，不得不出外避风浪换码头，就挟了个小小包袱，向外一跑，更多的是学薛仁贵投军，自然从此就失踪了。若是个女的呢？情形就稍稍不同。生命发展与突变，影响于黄毛丫头时代的较少，大多数却和成年前后的性青春期有关。或为传统压住，挣扎无从，即发疯自杀。或突过一切有形无形限制，独行其是，即必然是随人逃走。惟结果总不免依然在一悲剧性方式中收场。

但近二十年社会既长在变动中，二十年内战自残自黩的割据局面，分解了农村社会本来的一切。影响到这小地方，也自然明白易见。乡村游侠情绪和某种社会现实知识一接触，使得这个不足三百户人家村子里，多了三五十支杂色枪和十来个退伍在役的连排长，以及二三更高级更复杂些的人物。这些人多近于崭新的一阶级，即求生存已脱离手足勤劳方式，而近于一个寄食者。有家有产的可能成为"土豪"，无根无柢的又可能转为"土匪"，而两者又必有个共同的趋势，即越来越与人民土地隔绝，却学会了世故和残忍。尤其是一些人学得了玩武器的技艺，干大事业又无雄心和机会，回转家乡当然就只能作点不费本钱的买卖，且于一种新的生活方式中，产生一套现实哲学。这体系虽不曾有人加以文字叙述，事实上却为极多数会玩那个愚而无知的人物所采用。永远有个"不得已"作借口，于是绑票、种烟都成为不得已。会合了各种不得已而作成的堕落，便形成了后来不祥局面的扩大继续。但是在当时那类乡村中，却激发了另外一方面的自卫本能，即大户人家的对于保全财富进一步的技能。一面送子侄入军校，一面即集款购枪，保家保乡土，事实上也即是保护个人的特别权益。两者之间当然也就有了斗争，有流血事继续发生，而结怨影响到累世。这二十年一种农村分解形式，亦正如大社会在分解中情形一样，许多问题本若完全对立，却到处又若有个矛盾的调合，在某种情形中，还可望取得一时的平衡。一守固定的土地和大庄院，油坊或榨坊、糟坊，一上山落草；共同却用个"家边人"名词，减少了对立与磨擦，各行其是，而各得所需。这事看来离奇又十分平常，为的是整个社会的矛盾的发展与存在，即与这部分的情形完全一致。国家重造的设计，照例多疏忽了对于这个现实爬梳分析的过程，结果是一例转入悲剧，促成战争。这小村子所在地，既为比较偏远边僻的某省西部，地方对"特货"一面虽严厉禁止，一面也抽收税捐，在这么一个情形下，地方特权者的对立，乃常常因"利益平分"而消失。地方不当官路却宜于走私，烟土和巴盐的对流，支持了这个平衡的对立。对立既然是一种事实，各方面武器转而好像都收藏下来不见了。至少出门上路跑差事的人，求安全，徒手反而比带武器来得更安全，过关入寨，一个有衔名片反而比带一支枪更省事。

冬生在局里作事，间或得出出差，不外引导烟土下行或盐巴旁行。路不需出界外，所以对于这个工作也就简单十分。时当下午三点左右，照习惯送了两个带特货客人从界内小路过××县境。出发前，还正和我谈起巧秀问题。一面用棕衣包脚，一面托我整理草鞋后跟和耳绊。

我逗弄他说："冬生，巧秀跑了，那清早大队长怎不派你去追她回来？"

"人又不是溪水，用闸那关得住。人可是人！追上了也白追。"

"人正是人，那能忘了大队长、老太太恩情？还有师爷、磨坊和那个溪水上游的钓鱼堤坝，怎么舍得？"

"磨坊又不是她的财产。你从城里来，你欢喜。我们可不。巧秀心窍子通了，就跟人跑了，有仇报仇，有恩报恩，这笔账要明天再算去了。"

"她自己会回不回来？"

"回来吗？好马不吃回头草，那有长江水倒流。"

"我猜想她总在几个水码头边落脚，不会飞到海外天边去，要找她一定找得回来。"

"打破了的坛子，不要了！"

"不要了吗？你舍得我倒舍不得，她很好！"

我的结论既似真非真，倒引起了冬生的注意。他于是也似真非真的向我说："你欢喜她，我见她一定会告她，她会给你做个绣花抱肚，里面还装满亲口嗑的南瓜子仁。可惜你又早不说，师爷也能帮你忙！"

"早不说吗？我一来就只见过她一面。来到这村子里只一个晚上，第二早天刚亮，她就跟人跑了！"

"那你又怎么不追下去？下河码头熟，你追去好！"

"我原本只是到这里来和你大队长打猎，追麂子、狐狸、兔子，想不到还有这么一种山里长大的东西！"

这一切自然都是笑话，已过四十岁师爷听到我说的话，比不到十五岁冬生听来的意义一定深刻得多。因此也搭话说："凡事要慢慢的学，我们这地方，草草木木都要慢慢的才认识，性质通通不同的！"

冬生走后约一点钟，杨大娘却两脚黄泥到了团防局。师爷和我正在一窠新孵出的小鸡边，点数那二十个小小活动黑白毛毛团。一见杨大娘那两脚黄泥和提篮中的东西，就知道是从场上回来的。"大娘，可是到新场办年货？你冬生出差去了，今天歇尖岩村，明天才能回来。可有什么事情？"

杨大娘摸一摸提篮中那封点心："没有什么事。"

"你那笋壳鸡上了孵没有？"

"我那笋壳鸡上城做客去了。"杨大娘点一点搁在膝头上的提篮中物，计大雪枣一斤、刀头肉半斤、元青鞋面布一双、香烛纸张……

问一问，才知道原来当天是冬生满十四岁的生庚日。杨大娘早就弯指头把日子记在心上，恰值鸦拉营逢场，犹自嘀咕了好几个日子，方下决心，把那预备上孵的二十四个大白鸡蛋从箩筐中一一取出，谨慎小心放入垫有糠壳的提篮里，捉好鸡，套上草鞋，到场上去和城里人打交道。虽下决心那么作，走到相去五里的场上，倒像原不过只是去玩玩，看看热闹，并不需要发生别的事情。因为鸡在任何农村都近于那人家属之一员，顽皮处和驯善处，对于生活孤立的老妇人，更不免寄托了一点热爱，作为使生活稍有变化的可怜简单的梦。所以到得人马杂沓黄泥四溅的场坪中转来转去等待主顾时，杨大娘自己即老以为这不会是件真事情。有人问价时，就故意讨个高过市价一半的数目，且作成"你有钱我有货，你不买我不卖"对立神气，不即脱手。因为要价高，城里来的老鸡贩，稍微揣揣那母鸡背脊，不还价，这一来，杨大娘必作成对于购买者有眼不甚识货轻蔑神气，噬噬嘴，掉过头去不作理会。凡是鸡贩子都懂得乡下妇人心理，从卖鸡人的穿着上即可明白，以为时间早，不忙收货，见要价特别高的，想故意气一气她，就还个起码数目。且激激她说："什么八宝精，值那样多！"杨大娘于是也提着气，学作厉害十分样子："你还的价钱只能买豆腐吃。"且像那个还价数目不仅侮辱本人，还侮辱了身边那只体面肥母鸡，怪不过意，因此掉转身，抚抚鸡毛，拍拍鸡头，好像向鸡声明："再过一刻钟我们就回家去，我本来就只是玩玩的！"那只母鸡也像完全明白自己身分和杨大娘的情绪，闭了闭小红眼睛，只轻轻的在喉间"骨骨"哼两声，且若完全同意杨大娘的打算。两者之间又似乎都觉得"那不算什么，等等我们就回去，我真乐意回去，一切照旧"。

到还价已够普通标准时，有认得她的熟人，乐于圆成其事，必在旁插嘴："添一点，就卖了。这鸡是吃包谷长大的，油水多！"待主顾掉头时，又轻轻的告杨大娘："大娘要卖也放得手了。这回城里贩子来得多，也出得起价。若到城里去，还卖不到这个数目！"因为那句要卖得放手，和杨大娘心情冲突，所以回答那个好意却是：

"你卖我不卖，我又不等钱用。"

或者什么人说："不等钱用你来作什么？没得事作来看水鸭子打架，作个公证人？肩膊松，怎不扛扇石磨来？"

杨大娘看看，搜寻不出谁那么油嘴油舌，不便发作，只轻轻的骂着："悖时不走运的，你妈你婆才扛石磨上场玩！"

事情相去十五六年，石磨的用处，本乡人知道的已不多了。

……那有不等钱用这么十冬腊月抱鸡来场上喝风的人？事倒凑巧，因为办年货城里需要多，临到末了，杨大娘竟意外胜利，卖的钱比自己所悬想的还多些。钱货两清后，杨大娘转入各杂货棚边去，从各种叫嚷、赌咒、争持交易方式中，换回了提篮所有。末了且像自嘲自诅，还买了四块豆腐，心中混合了一点儿平时没有的怅惘、疲劳、喜悦和朦胧期待，从场上赶回村子里去。在回家路上，必看到有村子里人用葛藤缚住小猪的颈脖，赶着小畜生上路的，也看到有人用竹箩背负这些小猪上路的，使她想起冬生的问题。冬生二十岁结婚一定得用四只猪，这是六年后事情。她要到团防局去找冬生，给他个大雪枣吃，量一量脚看鞋面布够不够，并告冬生一同回家去吃饭，吃饭前点香烛向祖宗磕磕头。冬生的爹死去整十年了。

杨大娘随时都只想向人说："杨家的香火，十四岁，你们以为孵一窝鸡，好容易事！他爹去时留下一把镰刀、一副连枷……你不明白我好命苦！"到此眼睛一定红红的，心酸酸的。可能有人会劝慰说："好了，现在好了，杨大娘，八十一难磨过，你苦出头了！冬生有出息，队长答应送他上学堂。回来也会做队长！一子双挑讨两房媳妇，王保长闺女八铺八盖陪嫁，装烟倒茶都有人，你还愁什么？……"

事实上杨大娘其时却笑笑的站在师爷的鸡窝边，看了一会儿小鸡。可能还关心到卖去的那只鸡和二十四个鸡蛋的命运，因此用微笑覆盖着，不让那个情绪给城里人发现。天气已晚下来了。正值融雪，赶场人太多，田坎小路已踏得稀糊子烂，怪不好走。药王宫和村子相对，隔了个半里宽田坝，还有两道灌满融雪水活活流注的小溪，溪上是个独木桥。大娘心想："冬生今天已回不了局里，回不了家。"似乎对于提篮中那包大雪枣"是不是应当放在局里交给师爷"问题迟疑了一会儿，末后还是下了决心，提起篮子，就走了。我们站在庙门前石栏干边，看这个肩背已偻的老妇人，一道一道田坎走去。

时间大约五点半，村子中各个人家炊烟已高举，先是一条一条孤独直上，各不相乱。随后却于一种极离奇情况下，一齐崩坍下来，展宽成一片一片的乳白色湿雾。再过不多久，这个湿雾便把村子包围了，占领了。杨大娘如何作她那一顿晚饭，是不易形容的。灶房中冷清了好些，因为再不会有一只鸡跳上砧板争啄菠菜了。到时还会抓一把米头去喂鸡，始明白鸡已卖去。一定更不会料想到，就在这一天，这个时候，离开村子十五里的红岩口，冬生和那两个烟贩，已被人一起掳去。

我那天晚上，却正和团防局师爷在一盏菜油灯下大谈《聊斋志异》，以为那一切都是古代传奇，不会在人间发生。师爷喝了一杯酒话多了点，明白我对青凤黄英的向往，也明白我另外一种弱点，便把巧秀母亲故事告给我。且为我出主张，不要再读书。并以为住在任何高楼上，都不如坐在一只简单小船上，更容易有机会和那些使二十岁小伙子心跳的奇迹碰头！他的本意只是要我各处走走，不必把生活固定到一个小地方，或一件小小问题得失上。不意竟招邀我上了另外一只他曾坐过的小船。

　　我仿佛看到那只向长潭中桨去的小船，仿佛即稳坐在那只小船上，仿佛有人下了水，船已掉了头。……水天平静，什么都完事了。一切东西都不怎么坚牢，只有一样东西能真实的永远存在，即从那个小寡妇一双明亮、温柔、饶恕了一切带走了爱的眼睛中看出去，所看到的那一片温柔沉静的黄昏暮色，以及两个船桨搅碎水中的云影星光。巧秀已经逃走半个月，巧秀的妈沉在溪口长潭中已十六年。

　　一切事情还没有完结，只是一个起始。

　　　　　　　　　　　　　　　一九四七年三月末北平

月下

"求你将我放在你心上如印记，带在你臂上如戳记。"我念诵着雅歌来希望你，我的好人。

你的眼睛还没掉转来望我，只起了一个势，我早惊乱得同一只听到弹弓弦子响中的小雀了。我是这样怕与你灵魂接触，因为你太美丽了的原故。

但这只小雀它愿意常常在弓弦响声下惊惊惶惶乱串，从惊乱中它已找到更多的舒适快活了。

在青玉色的中天里，那些闪闪烁烁底星群，有你底眼睛存在：因你底眼睛也正是这样闪烁不定，且不要风吹。

在山谷中的溪涧里，那些清莹透明底出山泉，也有你底眼睛存在：你眼睛我记着比这水还清莹透明，流动不止。

我微幸又见到你一度微笑了，是在那晚风为散放的盆莲旁边。这笑里有清香，我一点都不奇怪，本来你笑时是有种比清香还能入人心脾的东西！

我见到你笑了，还找不出你的泪来。当我从一面篱笆前过身，见到那些嫩紫色牵牛花上负着的露珠，便想：倘若是她有什么不快事缠上了心，泪珠不是正同这露珠一样美丽，在凉月下会起虹彩吗？

我是那么想着，最后便把那朵牵牛花上的露珠用舌子舔干了。

怎么这人哪，不将我泪珠穿起？这你必不会这样来怪我，我实在没有这种本领，不知要怎样去穿。我头发白的太多了，纵使我能，也找不到穿它的东西！

病渴的人，每日里身上疼痛，心中悲哀，你当真愿意不愿给渴了的人一点甘露喝？

这如像做好事的善人一样：可怜路人的渴涸，济以茶汤，恩惠将附在这路人心上，做好事的人将蒙福至于永远。

我日里要做工，没有空闲。在夜里得了休息时，便沿着山涧去找你。我不怕虎狼，也不怕伸着两把钳子来吓我的蝎子，只想在月下见你一面。

　　碰到许多打起小小火把夜游的萤火，问它朋友朋友，你曾见过一个人吗？它说你找那个人是个什么样子呢。

　　我指那些闪闪烁烁的群星，哪，这是眼睛；

　　我指那些飘忽白云，哪，这是衣裳；

　　我要它静心去听那些涧泉和音，哪，她声音同这一样；

　　我末了把刚从花园内摘来那朵粉红玫瑰在它眼前晃了一下，哪，这是脸——

　　这些小东西，虽不知道什么叫做骄傲，还老老实实听我所说的话，但当我说了时，问它听清白没有？只把头摇了摇就想跑。

　　"怎么，究竟见不见到呢？"——我赶着它问。

　　"我这灯笼照我自己全身还不够！先生，放我吧，不然，我会又要绊倒在那些不忠厚的蜘蛛设就的圈套里……虽然它也不能奈何我，但我不愿意同它麻烦。先生，你还是问别个吧，再扯着我会赶不上她们了。"——它跑去了。

　　我行步迟钝，不能同它们一起遍山遍野去找你——但凡是山上有月色流注到的地方我都到了，不见你底踪迹。

　　回过头去，听那边山下有歌声飘扬过来，这歌声出于日光只能在垣外徘徊的狱中。我跑去为他们祝福：

你那些强健无知的公绵羊啊！

神给了你强健却吝了智识：

每日和平守分地咀嚼主人给你们的窝窝头，

疾病与忧愁永不凭附于身；

你们是有福了——阿门！

你那些懦弱无知的母绵羊啊！

神给了你温柔却吝了知识：

每日和平守分地咀嚼主人给你们的窝窝头，

失望与忧愁永不凭附于身；

你们也是有福了——阿门！

世界之霉一时侵不到你们身上，

你们但和平守分的生息在圈牢里：

能证明你主人底恩惠——

同时证明了你主人富有，

你们都是有福了——阿门！

当我起身时，有两行眼泪挂在脸上。为别人流还是为自己流呢？我自己还要问他人。但这时除了中天那轮凉月外，没有能做证明的人。

我要在你眼波中去洗我的手，摩到你的眼睛，太冷了。

倘若你的眼睛真是这样冷，在你鉴照下，有个人的心会结成冰。

遥夜

（一及二）

一

我似乎不能上这高而危的石桥，不知是那一个长辈曾像用嘴巴附着我耳朵这样说过似的：爬得高是跌得重。究竟这句话是什么地方说的？我实不知道。

石桥美丽极了。我不曾看过大理石，但这时我一望便知道除了大理石以外再没有什么石头可以造成这样一座又高大，又庄严，又美丽的桥了！这桥搭在一条深而窄的溪涧上，桥两头都有许多石磴子，不过上去的那一边石磴是平斜好走的，下去的那边却陡峻笔直。我不知不觉就上到桥顶了。我很小心地扶着那用黑色明角质做成的空花栏杆向下望，啊，可不把我吓死了！三十丈，也许还不止。下面溪水大概是涸了，看着有无数用为筑桥剩下的大而笨的白色石块，懒懒散散睡了一溪沟。石罅里，小而活泼的细流在那里跳舞一般的走着唱着。

我又仰了头去望空中，天是蓝的，蓝得怕人！真怪事！为甚这样蓝色天空会跳出许许多多同小电灯一样的五色小星星来？它们满天跑着，我眼睛被它光芒闪花了。

这是什么世界呢？这地方莫非就是通常人人说的天宫一类的处所吧？我想要找一个在此居住的人问问，可是尽眼力向各方望去，除了些葱绿参天的树木，柳木根下一些嫩白色水仙花在小剑般淡绿色叶中露出圆脸外，连一个小生物——小到麻雀一类东西也不见！……这或是过于寒冷了吧！不错，这地方是有清冷冷的微风，我在战栗。

但是这风是我很愿意接近的，我心里所有的委曲当第一次感受到风时便给总吹掉了！我这时绝不会想到二十年来许多不快的事情。

我似乎很满足，但并不像往日正当肚中感到空虚时忽然得到一片满蘸果子酱的烤面包那么满足，也不是像在月前一个无钱早上不能到图书馆去取暖时忽然从小背心第三口袋里寻出一枚两角钱币那么快意，我简直并不是身心的快适，因为这是我灵魂遨游于虹的国，而且灵魂也为这调和的伟大世界溶解了！

——我忘了买我重游的预约了，这是如何令人怅惘而伤心的事！

二

当我站在靠墙一株洋槐背后，偷偷的展开了心的网幕接受那银筝般歌声时，我忘了这是梦里。

她是如何的可爱！我虽不曾认识她的面孔便知道了。她是又标致，又温柔，又美丽，……的一个女人，人间的美，女性的美，她都一个人占有了。她必是穿着淡紫色的旗袍，她的头发必是漆黑有光，……我从她那拂过我耳朵的微笑声，攒进我心里的清歌声，可以断定我所猜想的是一点不错。

她的歌是生着一对银白薄纱般翅膀的：不止是能跑到此时同她在一块打住用一块或两三块洋钱买她歌声的那俗恶男子心中去，并且也跑进那个在洋槐背后胆小腼腆的孩子心里去了！……也许还能跑到这时天上小月儿照着的一切人们心里，借着这清冷有秋意挟上些稻香的微风。

歌声停了。这显然是一种身体上的故障，并非曲的终止。我依然靠着洋槐，用耳与心极力搜索从白花窗幕内漏出的那种继歌声以后而起的窸窣。

"哏～～～！"这是一种多么悦耳的咳嗽！可怜啊！这明是小喉咙倦于紧张后一种娇惰表示。想着承受这娇惰表示以后那一瞬的那个俗恶厌物，心中真似乎有许多小小花针在刺。但我并不即因此而跑开，骄傲心终战不过妒忌心呢。

"再唱个吧！小鸟儿。"像老鸟叫的男子声撞入我耳朵。这声音正是又粗暴又残忍惯于用命令式使对方服从他的金钱的玩客口中说的。我的天！这是对于一个女子而且这样可爱可怜的女子应说的吗？她那银筝般歌声就值不得用一点温柔语气来恳求吗？一块两三块洋钱把她自由尊贵践踏了，该死的东西！可恶的男子！

她似乎又在唱了！这时歌声比先前的好像生涩了一点，而且在每个字里，每一句里，以及尾音，都带了哭音；这哭音很易发见。继续的歌声中，杂着那男子满意高兴奏拍的掌声；歌如下：

可怜的小鸟儿啊！
你不必再歌了吧！
你歌咏的梦已不能再会实现了。

一切都死了！
一切都同时间死去了！
使你伤心的月姊姊披了大氅
不会为你歌声而甩去了，
同你目语的星星已嫁人了，

玫瑰花已憔悴了，——为了失恋，

水仙花已枯萎了；——为了失恋：

可怜的鸟儿啊！

你不必——请你不必再歌了吧！

我心中的温暖，

为你歌取尽了！

可怜的鸟儿啊！

为月，为星，为玫瑰，为水仙，为我，为一切，

为爱而莫再歌了吧！

　　我实在无勇气继续的听下去了。我心中刚才随歌声得来一点春风般暖气已被她以后歌声追讨去了！我知道果真再听下去，定要强取我一汪眼泪去答复她的歌意。

　　我立刻背了那用白花窗幔幕着的窗口走去，渺渺茫茫见不到一丝光明。心中的悲哀，依然挤了两颗热泪到眼睛前来……

　　——因被角的湿冷使我惊醒，歌声还在心的深处长颤。——

　　　　　　　　　　　　　　　一九二四年圣诞后一日

生命

我好像为什么事情很悲哀，我想起"生命"。

每个活人都像是有一个生命，生命是什么，居多人是不曾想起的，就是"生活"也不常想起。我说的是离开自己生活来检视自己生活这样事情，活人中就很少那么作。因为这么作不是一个哲人，便是一个傻子了。"哲人"不是生物中的人的本性，与生物本性那点兽性离得太远了，数目稀少正见出自然的巧妙与庄严。因为自然需要的是人不离动物，方能传种。虽有苦乐，多由生活小小得失而来，也可望从小小得失得到补偿与调整。一个人若尽向抽象追究，结果纵不至于违反自然，亦不可免疏忽自然，观念将痛苦自己，混乱社会。因为追究生命"意义"时，即不可免与一切习惯秩序冲突。在同样情形下，这个人脑与手能相互为用，或可成为一思想家、艺术家；脑与行为能相互为用，或可成为一革命者。若不能相互为用，引起分裂现象，末了这个人就变成疯子。其实哲人或疯子，在违反生物原则，否认自然秩序上，将脑子向抽象思索，意义完全相同。

我正在发疯。为抽象而发疯。我看到一些符号，一片形，一把线，一种无声的音乐、无文字的诗歌。我看到生命一种最完整的形式，这一切都在抽象中好好存在，在事实前反而消灭。

有什么人能用绿竹作弓矢，射入云空，永不落下？我之想象，犹如长箭，向云空射去，去即不返。长箭所注，在碧蓝而明静之广大虚空。

明智者若善用其明智，即可从此云空中，读示一小文，文中有微叹与沉默，色与香，爱和怨。无著者姓名。无年月。无故事。无……然而内容极柔美。虚空静寂，读者灵魂中如有音乐。虚空明蓝，读者灵魂上却光明净洁。

大门前石板路有一个斜坡，坡上有绿树成行，长干弱枝，翠叶积叠，如翠翠，如羽葆，如旗帜。常有山灵，秀腰白齿，往来其间。遇之者即喑哑。爱能使人喑哑——一种语言歌呼之死亡。"爱与死为邻"。

然抽象的爱，亦可使人超生。爱国也需要生命，生命力充溢者方能爱国。至如阉寺①性的人，实无所爱，对国家，貌作热诚，对事，马马虎虎，对人，毫无情感，对理想，异常吓怕。也娶妻生子，治学问教书，做官开会，然而精神状态

①　阉寺：宦官。

上始终是个阉人。与阉人说此，当然无从了解。

夜梦极可怪。见一淡绿白合花，颈弱而花柔，花身略有斑点青渍，倚立门边微微动摇。在不可知地方好像有极熟习的声音在招呼：

"你看看好，应当有一粒星子在花中。仔细看看。"

于是伸手触之。花微抖，如有所怯。亦复微笑，如有所恃。因轻轻摇触那个花柄、花蒂、花瓣，近花处几片叶子全落了。

如闻叹息，低而分明。

…………

雷雨刚过。醒来后闻远处有狗吠，吠声如豹。半迷糊中卧床上默想，觉得惆怅之至。因白合花在门边动摇，被触时微抖或微笑，事实上均不可能！

起身时因将经过记下，用半浮雕手法，如玉工处理一片玉石，琢刻割磨。完成时犹如一壁炉上小装饰。精美如瓷器，素朴如竹器。

一般人喜用教育身分来测量这个人道德程度。尤其是有关乎性的道德。事实上这方面的事情，正复难言。有些人我们应当嘲笑的，社会却常常给以尊敬，如阉寺。有些人我们应当赞美的，社会却认为罪恶，如诚实。多数人所表现的观念，照例是与真理相反的。多数人都乐于在一种虚伪中保持安全或自足心境。因此我焚了那个稿件。我并不畏惧社会，我厌恶社会，厌恶伪君子，不想将这个完美诗篇，被伪君子与无性感的女子眼目所污渎。

白合花极静。在意象中尤静。

山谷中应当有白中微带浅蓝色的白合花，弱颈长蒂，无语如语，香清而淡，躯干秀拔。花粉作黄色，小叶如翠珰。

法郎士曾写一《红白合》故事，述爱欲在生命中所占地位、所有形式，以及其细微变化。我想写一《绿白合》，用形式表现意象。

我的世界寂静无声，
容纳不下别人

我喜欢你

你的聪明像一只鹿，

你的别的许多德行又像一匹羊，

我愿意来同羊温存，

又耽心鹿因此受了虚惊，

故在你面前只得学成如此沉默；

（几乎近于抑郁了的沉默！）

你

怎么能知？

我贫乏到一切：

我不有①美丽的毛羽，

并那用言语来装饰他激情的本能亦无！

---

① 不有：没有。

脸上不会像别人能挂上点殷勤，

嘴角也不会怎样来常深着微笑，

眼睛又是那样笨——

　　追不上你意思所在。

别人对我无意中念到你的名字，

我心就抖战，

　　身就沁汗！

并不当到①别人，

只在那有星子的夜里，

我才敢低低的喊叫你底名字。

　　　　　　　　　　　　　二月于北京

---

① 当到：当着。

希 望

我底希望也很平常，

我们俩同时沉没于海中：

但愿大洋里落日消沉时我们也同样灭亡，

那时节晚霞烧红了海水与天空。

我耳朵不用再听，

我眼睛不用再视——

虽然搂不着你灵魂，

你身躯毕竟还在我手里。

我不因失你而悲哭，

我不因得你而矜骄：

我腕臂搂箍中的你若欲他出，

除非是海水将我骨头蚀销。

九月二十三西山

颂

说是总有那么一天，
你的身体成了我极熟的地方，
那转弯抹角，那小阜平冈；
一草一木我全都知道清清楚楚，
虽在黑暗里我也不至于迷途。
如今这一天居然来了。

我嗅惯着了你身上的香味，
如同吃惯了樱桃的竹雀；
　辨得出樱桃香味。

樱桃与桑葚以及地莓味道的不同，
虽然这竹雀并不曾吃过
　桑葚与地莓也明白的。

你是一株柳；

有风时是动，无风时是动：

但在大风摇你撼你一阵过后，

你再也不能动了。

我思量永远是风，是你的风。

于北京之窄而霉斋中

时和空

——人事有代谢

往来成古今——

短墙边乳白色繁花独自谢落

宝石蓝天空中白云聚还散

晚春天气迷人也绻人

这晚春却给我幸福给我静

（只因为）装点这晚春

还有个尖尖脸儿的你

在阳光下露出一列白齿微笑

笑里一朵花含苞欲吐

当我吻着你那净白温润额角时

花开了我谨慎的把它摘下收藏了

万物在阳光和雨露交替中滋育

欣同赏仲夏中嘉树茂草

听红头啄木鸟在林中木末敲梆

水田里有芝麻点秧鸡啼唤

不管是梦中还是清醒

你和我都知道"爱"在暗里生长

秋风渐褪尽草木青翠

敷上红镀上金迎人一片光鲜

荷塘中莲蓬垂下了头

莲子心已略具一点苦味

两人徘徊过那条长廊

蟢子在柱角新织就一饼白钱

天井中枣树上朱红枣子

从高枝渐次堕落到地上

秋成熟这世界一切——

同时成熟了我们的爱

秋夜有流星曳一道碧光长逝

你同流星相似去了去了去了

重拈起你那一朵微笑

才知道这微笑在秋风中也枯萎了

我想询问"有谁能给我引路

把我带向那个'过去'里走走"

耳朵边仿佛有你轻轻的声音

"你愚蠢的人自己去选择好

走向过去有两道桥梦和死"

想起这两道桥我眼睛已经潮润

小小距离给我经验到老年和冬天

阴湿的泥地里你和我已成尘和土

你呢这时节或许正准备

把草上露水收拾起穿作颈饰

不坚实露水有虹彩和真珠光耀目

思量从虚无证实自己生命存在

七月十一日

爱

自从我落地后能哭能喊之时，
把骄傲就一齐当给了你！
用谦卑的颜色在世上活着，
我不是为饼也不是为衣。

我跋涉过无数山河足生了胝，
大漠的风霜使我面目黧黑：
你呀，先要我向那些同类追随，
如今是又要我赶逐那些婴儿！

一切事一切事我都已疲倦了，
请退还我当给你那点骄傲：——
我将碰碎我的灵魂于浪女吻抱！
我将拍卖我的骄傲供我醉饱！

我将用诅咒代替了我的谦卑，

诅咒中世界一切皆成丑老！

我将披发赤足而狂歌，

放棹乎沅湘觅纫佩之香草！

三月七日西山

长河小桥
——宁河①道上所见

在一夜的散碎雨声里，

黄泥水把小小河床装得满满的了。

两岸碧翠的芦苇是接连着接连着。

说是那小的白帆呢，

都浮到蜿蜒于绿野平原中的河流上面

轻轻的若无其事的滑去。

沟洫里的细流，

涓涓汩汩地高兴跑着。

小到同鸡毛帚子相似的稚柳；

排对子并列着摇动它们的头。

怎么没有一只鸟来唱歌呢？

---

① 宁河：原属河北省，今属天津市。

想是都睡着了。

青绢包头的蓝衣妇人，

把簸簸内的粱米散给那些围在她

　　身边的小鸡做午餐时，

伊是坐在一株槐树下的石碡碌上的。

擦身而过的骡车，

灵隆隆的响在背后去了！

纱帘下映着的少女底粉脸，

是谁家培植的花木呢？

同雨后的五月天气一样新鲜。

　　　　　　　　　大端阳于宁河县传达处门边

黄 昏

我不问乌巢河有多少长，
我不问萤火虫有多少光：
你要去你莫骑流星去，
你有热你永远是太阳。

你莫问我将向那儿飞，
天上的岩鹰鸦雀都各有巢归。
既是太阳到时候也应回山后，
你只问月亮"明后里你来不来？"。

呈小莎

"黑暗为曙色逼退于墙隅，

如战败之残兵。"

在你身边，我心中阴影亦逃走无余！

凡赞美日头的，适以见其人话语的拙劣；

若是唱着雅歌来赞美你：

那你情人反太傻了。

你是一切生命的源，

光明跟随在你身边：

对你的人都将哑着，

用对神样虔敬——

负着十字架在你身后的人，

将默默的让十字架木头霉腐。

我不学晨露中对黑暗嘲弄之喜鹊！

我只能同葵花样，向光明永远致其

　感恩的恭敬：

溪泉在涧中随意的唱歌，

我托它代达我的微忱。

三月十三日北京